Bianca

Purchased from
Multnomah County Library
Title Wave Used Bookstore
216 NE Knott St, Portland, OR
503-988-5021

LA CORISTA Y EL MAGNATE
LUCY ELLIS

D0757086

HARLEQUIN™

Editado por Harlequin Ibérica.
Una división de HarperCollins Ibérica, S.A.
Núñez de Balboa, 56
28001 Madrid

© 2015 Lucy Ellis
© 2018 Harlequin Ibérica, una división de HarperCollins Ibérica, S.A.
La corista y el magnate, n.º 2609 - 21.3.18
Título original: Caught in His Gilded World
Publicada originalmente por Mills & Boon®, Ltd., Londres.

Todos los derechos están reservados incluidos los de reproducción, total
o parcial. Esta edición ha sido publicada con autorización de Harlequin
Books S.A.
Esta es una obra de ficción. Nombres, caracteres, lugares, y situaciones
son producto de la imaginación del autor o son utilizados ficticiamente,
y cualquier parecido con personas, vivas o muertas, establecimientos
de negocios (comerciales), hechos o situaciones son pura coincidencia.
® Harlequin, Bianca y logotipo Harlequin son marcas registradas por
Harlequin Enterprises Limited.
® y ™ son marcas registradas por Harlequin Enterprises Limited y sus
filiales, utilizadas con licencia. Las marcas que lleven ® están
registradas en la Oficina Española de Patentes y Marcas y en otros
países.
Imagen de cubierta utilizada con permiso de Harlequin Enterprises
Limited. Todos los derechos están reservados.

I.S.B.N.: 978-84-9170-593-2
Depósito legal: M-908-2018
Impresión en CPI (Barcelona)
Fecha impresion para Argentina: 17.9.18
Distribuidor exclusivo para España: LOGISTA
Distribuidor para México: Distibuidora Intermex, S.A. de C.V.
Distribuidores para Argentina: Interior, DGP, S.A. Alvarado 2118.
Cap. Fed./Buenos Aires y Gran Buenos Aires, VACCARO HNOS.

Capítulo 1

GIGI, baja de ahí. ¡Te vas a romper el cuello!

Suspendida a dos metros del suelo, agarrando el telón del escenario entre los dedos de los pies y ayudándose de los delicados músculos de los brazos para alzarse, Gigi ignoró el comentario y escaló a toda prisa el telón que estaba al lado de la pecera de cuatro metros de alto. Era la misma pecera en la que nadaría aquella noche vestida únicamente con un tanga, una sonrisa y dos adormiladas pitones, Jack y Edna. Eso si no la despedían antes.

La escalera habría facilitado la operación, pero la habían retirado. Aunque estaba acostumbrada a contonearse subiendo cuerdas. Lo hacía desde los nueve años en el circo de su padre. El telón de terciopelo del escenario era pan comido para ella en comparación.

Ahora llegaba la parte difícil. Se agarró a un lado del tanque con una mano y estiró una pierna por encima, colocándose a horcajadas en el saliente y situándose en posición.

Se escuchó un suspiro abajo.

Cuando Susie había gritado «Kitaev está en el edificio», se había desatado el caos. Mientras las otras chicas corrían a pintarse los labios y se subían los tirantes del sujetador, Gigi había mirado hacia el tanque y, al recordar la maravillosa vista que había desde arriba, no lo había dudado.

Susie estaba en lo cierto. Allí abajo, entre las mesas y

las sillas vacías y hablando con el gerente del teatro estaba el hombre que tenía el futuro de todas las chicas en sus poderosas manos, rodeado de un séquito de matones.

Gigi entornó los ojos al mirarlos. Seguramente sería necesario tener guardaespaldas cuando uno era el hombre más odiado de París.

Aunque no parecía necesitarlos. Estaba de espaldas al escenario, pero Gigi se fijó en que tenía los brazos cruzados porque la camisa azul se le aplastaba sobre los poderosos y anchos hombros.

Parecía que aquel hombre se ganaba la vida rompiendo ladrillos con una maza, y no con los cabarets.

—Gigi, Gigi, dinos lo que puedes ver. ¿Qué aspecto tiene?

«Fuerte, delgado y con un físico preparado para romper muebles».

Y entonces fue cuando él se dio la vuelta.

Gigi se quedó paralizada. Había visto fotos suyas en Internet, pero no tenía aquel aspecto. No, las fotos habían dejado aquella parte fuera. La parte que decía: «Acabo de bajar del barco de una expedición polar del siglo XIX durante la que he arrastrado botes y he roto témpanos de hielo con las manos desnudas».

Una barba oscura y salvaje como su pelo le oscurecía la parte inferior del rostro, pero incluso a aquella distancia la fuerte estructura ósea, los pómulos altos, la nariz recta y los ojos intensos hacían que pareciera un actor de cine clásico. Tenía el pelo oscuro, ondulado y brillante tan largo que se había recogido parte de él detrás de las orejas.

Tenía un aspecto delgado y salvaje, como si necesitara ser civilizado... y Gigi no quiso investigar en aquel momento por qué eso se traducía en un temblor por todo el cuerpo. Se bamboleó mientras se agarraba a un lado del tanque.

Tenía que hablar con él y conseguir que la escuchara.

Pero no iba a escucharla. Más bien parecía que quería devorarla.

El instinto de supervivencia le dijo a Gigi que si fuera una chica lista se bajaría del telón y se ocuparía de sus propios asuntos.

—¿Qué está pasando? —preguntó Lulu, quien al parecer no era capaz tampoco de ocuparse de sus propios asuntos, porque se había subido a uno de los altavoces que había abajo y estaba tirando del tobillo de Gigi.

—No sé —respondió Gigi—. Dame un minuto... y deja de tirarme del pie, Lulu Lachaille, o me voy a caer de verdad.

Lulu la soltó, pero abajo se escuchó un murmullo de protesta.

—No eres un mono, Gigi. ¡Bájate!

—Se cree que es de goma. ¡Si te caes no vas a rebotar, Gigi!

—Gigi, dinos qué puedes ver. ¿De verdad es él?

—¿Es tan guapo como parece en todas las fotos?

Gigi puso los ojos en blanco. Al menos Lulu sabía que aquel hombre no iba a tomarlas en serio, pero las otras chicas, pobrecillas, no lo veían así. Todas creían que un tipo rico con ganas de divertirse se llevaría a alguna corista afortunada y le proporcionaría una vida de compras ilimitadas.

Alertado probablemente por todo el bullicio, Kitaev alzó la vista.

Dirigió la mirada hacia el acuario con tanta rapidez que Gigi apenas tuvo tiempo de pensar. Y desde luego ya era muy tarde para esconderse detrás del telón.

Kitaev clavó la mirada en ella.

Fue como recibir el golpe de un objeto en movimiento. Gigi escuchó un zumbido en los oídos y de pronto perdió la confianza que tenía un instante antes en su equilibrio.

Soltó un pequeño grito desmayado y el vientre se le deslizó unos centímetros de su posición en lo alto del acuario.

Él la estaba mirando en ese momento como si fuera lo que había ido a ver.

Gigi se deslizó un centímetro más y forcejeó para agarrarse.

Entonces ocurrieron dos cosas a la vez. Kitaev frunció el ceño y Lulu le volvió a tirar del tobillo. Gigi supo el momento en el que perdió el equilibrio porque no pudo hacer nada para evitarlo, solo prepararse para la caída. Y cayó al suelo conteniendo el aire.

Capítulo 2

ERA MUY posible que Khaled nunca hubiera sabido que poseía aquel trocito de Montmartre si alguien no hubiera conseguido una lista de las propiedades en París en manos rusas y la hubiera publicado. Al parecer, no pasaba nada por comprar inmuebles en Marais y en la parte sur de la Riviera, pero si tocabas uno de los cabarets de París te convertías en el hombre más odiado de la ciudad.

Aunque Khaled no prestaba atención a lo que los demás pensaban de él. Había aprendido la lección muchos años atrás al ser hijo de un soldado ruso que había destrozado la vida de su madre y llevado la vergüenza a su familia.

Crecer entre gente que le evitaba le había endurecido la piel, y también había desarrollado la capacidad de utilizar los puños, aunque actualmente era más partidario de usar su poder y su influencia en una pelea. Y también aprendió a no tomarse nada personalmente. «Desapego emocional», lo había llamado una mujer con la que salió brevemente. Todo habilidad pero sin corazón.

El desapego le había servido de mucho. Dejarse llevar por las emociones le habría matado probablemente antes de los veinte años en la parte del mundo de la que procedía. Había crecido muy deprisa y de un modo duro y gracias a eso había sobrevivido. Luego había triunfado en el foso de los leones del mundo empresarial moscovita.

Sabía cómo conseguir lo que quería y no permitía que el sentimentalismo le nublara la razón.

Lo que le convertía en una mala apuesta para una mujer interesada en el precio de las acciones de sus empresas, siempre al alza. No era que no le interesaran las mujeres, aunque últimamente estaba algo aburrido de ellas. No se trataba de falta de libido, sino de falta de reto. Él era un cazador. Su naturaleza intrínseca estaba en oler, seguir el rastro, cazar y matar a la presa. Luego se aburría. Llevaba meses aburrido.

Entonces alzó la vista. ¿Qué diablos era aquello?

Cuando un hombre ponía un pie en uno de los famosos cabarets de París, lo que quería era ver a la más legendaria de las criaturas: Una corista parisina. De piernas largas, seductora, desnuda de cintura para arriba... Pero no era eso lo que estaba viendo.

Sí, había pasado las seis últimas semanas viviendo en tiendas de campaña, cobertizos y chozas, bañándose en ríos, comiendo de latas y de lo que pudiera cazar. Era muy posible que estuviera teniendo una alucinación relacionada con una mujer... aunque dudaba mucho que aquello fuera lo que se le ocurriera a su mente. Porque podría haber jurado que había visto a una Campanilla de rodillas huesudas vestida con unas mallas de leopardo colgada en lo alto de un tanque en el que le habían dicho que aquella noche nadaría una preciosa corista semidesnuda... en compañía de unas pitones.

Antes de que pudiera darse cuenta de lo que estaba viendo, la curiosa aparición se desvaneció con la misma velocidad con la que había surgido, seguida de un golpe y los gritos ahogados de varias mujeres.

–¿Quieren ir a ver qué ha pasado? –les preguntó a los hermanos Danton. Los dos estaban sudando la gota gorda por su repentina aparición sin avisar.

Ninguno de los hombres se movió.

–Las chicas están ensayando –dijo Martin Danton nervioso, como si eso lo explicara todo.

Los miembros del equipo de seguridad miraron a su alrededor, claramente esperando que los veinticuatro pájaros azules aparecieran revoloteando por el escenario vacío.

–¿Les gustaría ver el ensayo? –propuso Jacques Danton, captando la repentina atención que se había despertado en los hombres.

Los dos franceses que dirigían aquel lugar estaban muy nerviosos. Khaled supuso que era la reacción natural, ya que sus prácticas empresariales se iban a mirar ahora con microscopio.

–Mis abogados se pondrán en contacto con ustedes hoy –les informó con tono pausado–. Quiero echar un vistazo a cómo va este lugar.

–¡Somos una institución en París, señor Kitaev! –exclamaron a coro.

–Eso es lo que lleva repitiendo la prensa francesa toda la semana –replicó él con la misma calma–. Pero esto es un negocio y me gusta saber cómo van mis negocios.

Sinceramente, no estaría ahora allí si la prensa no hubiera salido la semana anterior con la acusación de que era el equivalente al ejército ruso marchando sobre París, destrozando sus bonitos bulevares y rapiñando la cultura francesa. Convirtiendo la ciudad en el Moscú del Sena.

Y todo porque había ganado un cabaret jugando a las cartas.

Ahora, tras haber visto lo difícil que le resultaba moverse por la ciudad sin equipo de seguridad, estaba dispuesto a deshacerse de él. Tenía varias reuniones aquella tarde, así que las horas de L'Oiseau Bleu estaban contadas.

Una chica encantadora de oscuro cabello rizado asomó en aquel momento la cabeza por el telón.

—Jacques... —susurró—, ha habido un accidente.

—¿Qué clase de accidente, Lulu? —preguntó el hombre mayor frunciendo el ceño.

—Una de las chicas se ha golpeado en la cabeza.

Jacques compuso un gesto de resignación, murmuró algo entre dientes y se excusó para dirigirse al escenario.

Khaled llevó la mirada hacia el tanque vacío que se cernía sobre el escenario. Todavía no estaba muy seguro de lo que había visto, pero estaba interesado en averiguarlo.

Se movió y su equipo de seguridad se dirigió hacia el escenario con él.

—No creo que sea una buena idea —protestó Martin Danton andando detrás de ellos, mostrando la primera señal de agallas que Khaled había visto en ambos hombres.

Su hermano y él llevaban catorce años al frente del cabaret, pero, según los informes, no lo estaban haciendo muy bien.

Khaled se abrió paso detrás del telón a través de una selva de decorados y cajas, bajando la cabeza entre las cuerdas y alambres del escenario.

Cuando la vio, ella estaba tumbada en el suelo.

Jacques Danton la estaba ignorando, solo reprendía a la chica morena. Khaled apartó al hombre de su camino y fue a ayudarla.

Se agachó y al inspeccionarla de cerca vio que, aunque tenía los ojos cerrados, se le movían los delicados párpados.

Khaled apretó los labios. Menuda farsante. Alzó la vista y comprobó la altura de la caída. No podía haberse hecho mucho daño.

En aquel momento, un grupo de veintitantas bailarinas vestidas de lycra empezó a rodearle susurrando y riendo. Khaled había tenido una experiencia similar unos días atrás en las tierras altas del Cáucaso con una manada de gacelas. Miró a su alrededor y vio que su equipo de seguridad parecía tan desconcertado como él mismo.

¿Qué iban a hacer? ¿Derribarlas y tirarlas al suelo? Las chicas parecían tan inofensivas como las gacelas. Miró a la gacela que se había separado del resto de la manada. Estaba tumbada de una forma poco natural, pero los párpados la traicionaban al moverse tan rápidamente.

–¿Puede oírme, *mademoiselle*? –le preguntó inclinándose sobre ella.

–Se llama Gigi –le informó la chica morena de pelo rizado, que se había agachado frente a él.

Estaba en Montmartre, en un cabaret destartalado que había conocido tiempos mejores, con un grupo de coristas cuyas ciudades de origen iban desde Sídney a Helsinki pasando por Londres. Seguramente ninguna de ellas fuera francesa de verdad. Pero sí, claro, seguro que se llamaba Gigi...

No se lo creyó ni por un segundo.

Como si percibiera su escepticismo, la joven agitó sus gruesas pestañas doradas y las abrió de golpe. Unos vivaces ojos azules se encontraron con los suyos y se hicieron más grandes por el asombro.

Tenían un color más azul que el azul. Del color del Mar de Pechora. Lo sabía porque acababa de llegar de allí.

Khaled se fijó en su rostro: preciosa nariz mediterránea, boca de labios gruesos y rosados y barbilla afilada, todo enmarcado por una salvaje melena pelirroja. Sintió un tirón en el pecho, como si le hubieran golpeado bajo las costillas.

La joven se apoyó sobre los codos y lo miró fijamente con aquellos ojos azules.

–¿Quién es usted? *Qui êtes-vous?* –su acento mezclaba de forma armoniosa el deje francés con la cadencia musical de Irlanda y un punto algo más internacional.

Qui êtes-vous? Esa era exactamente la pregunta que él se hacía. Se incorporó un poco para sentirse en una mayor posición de dominio y colocó las manos sobre las musculadas caderas.

–Khaled Kitaev –dijo simplemente.

Se escuchó un rumor, pero él no apartó los ojos de la pelirroja mientras le ofrecía pausadamente la mano. Al ver que ella vacilaba, se inclinó y le tomó la suya.

Gigi llevaba cayéndose profesionalmente desde los nueve años, pero eso no había impedido que se precipitara hacia atrás y se golpeara la cabeza y el coxis contra las tablas del escenario. Ahora estaba viendo dos manos y no sabía cuál tomar.

–¡Levántate! –le chilló Jacques como un ganso.

No tuvo que escoger, porque Kitaev tiró de ella sin ningún esfuerzo y la puso de pie delante de él. Pero la estancia daba vueltas y las piernas de Gigi no colaboraban. Tampoco ayudaba que tuviera que echar la cabeza hacia atrás para mirarle aunque ella midiera un metro ochenta. Así de alto era Kitaev, y además estaba demasiado cerca... mirándola.

Y de qué manera. Gigi parpadeó rápidamente para aclararse la visión. A veces los hombres la miraban como si lo único que quisieran fuera verla desnuda. Gigi aceptaba aquello como parte de su trabajo, aunque lo odiaba. A veces los hombres también intentaban acercarse a ella de un modo lascivo, pero también había aprendido a combatir aquello.

Pero ese hombre no estaba haciendo ninguna de esas cosas. No tenía una mirada desesperada ni sórdida. No, los ojos de aquel hombre decían algo completamente distinto. Algo que ningún hombre le había prometido nunca a Gigi. Iba a desnudarla y a complacer a su cuerpo como nunca antes había sido complacido. Y luego iba a tirar su trabajo a la basura.

–¡No puedes hacer eso! –le espetó Gigi.

–¿Hacer qué, *dushka*? –hablaba con marcado acento ruso y de forma indolente, como si tuviera todo el tiempo del mundo.

Las chicas se rieron nerviosamente.

–Lo que tengas planeado hacer... –Gigi guardó silencio, porque no parecía que ninguno de los dos estuviera hablando del cabaret.

–En este momento, poco más aparte de comer –respondió él con un brillo extraño en sus distantes ojos oscuros.

Las risas que se escucharon ahogaron cualquier respuesta. Y mejor así, porque no hacía falta mucha imaginación para darse cuenta de que aquel hombre no tenía absolutamente ningún interés en nada que hubiera allí. Gigi sintió que su frustración inicial volvía a surgir.

A él no le importaba lo que le sucediera a aquel lugar. Y a las otras chicas tampoco. Aunque sí les importaría cuando se quedaran sin trabajo. Pero no se trataba solo de perder un trabajo. Aquel sitio era su hogar.

La angustia que tiró de Gigi como una corriente marina era real. Era el único lugar al que había sentido que pertenecía desde que la repentina muerte de su madre había acabado con su mundo seguro. Había trabajado un tiempo con su padre hasta que fue capaz de dar el salto al Canal y aterrizar en el escenario de lo que le había parecido entonces un trabajo de ensueño.

Aunque si alguien le hubiera preguntado sobre su trabajo la semana anterior, habría puesto los ojos en blanco y se hubiera quejado de las horas de trabajo y la paga. Desde luego, no era el Moulin Rouge.

Pero ese no era un día normal. Ese era el día en el que todo por lo que había luchado desde muy pequeña con su madre amenazaba con quedar destruido.

Gigi no iba a permitir que sucediera eso. Además, aquel no era un teatro vulgar. Las mujeres más increíbles del mundo habían bailado allí. Mistinguett, La Bella Otero, Josephine Baker... incluso Lena Horne había cantado en aquel escenario.

Y luego estaba Emily Fitzgerald. Nadie la recordaba, nunca había sido famosa... solo una chica del coro guapa entre muchas otras que había bailado en aquel escenario durante cinco cortos años. Su madre.

Cuando se quedó embarazada del seductor Carlos Valente, un artista del escenario, se vio obligada a volver con su familia a Dublín. El sueño de París había terminado. Pero en el momento en que Gigi pudo ponerse de pie, su madre le calzó unas zapatillas de ballet de punta. La niña creció con historias de los días de gloria de L'Oiseau Bleu. Por supuesto, cuando llegó a aquella puerta a los diecinueve años no se parecía en nada a aquellas historias, pero a diferencia de las otras chicas, ella sabía lo especial que había sido L'Oiseau Bleu... y podría volver a serlo.

Gigi había estado trabajando con los Danton. Estaba a punto de conseguir algunas mejoras, no le cabía duda. Pero ahora aquel hombre se interponía en su camino. Perdida y sin saber por dónde empezar, fue entonces cuando recordó que sí tenía algo que podía hablar por ella. Doblado y guardado en el sujetador deportivo que tenía puesto. Lo sacó y estiró la arrugada hoja de papel. Era una fotocopia que Lulu había hecho de un blog de *burlesque* que ambas seguían.

Gigi alzó la vista y vio que Kitaev seguía mirándola, y probablemente habría tenido algún atisbo de su sujetador púrpura viejo. Sabía que no tenía un aspecto muy profesional, pero no había sido su intención caerse ni que él llegara a husmear entre bambalinas. Pero estaba en sujetador.

–¿Qué más guardas ahí? –le preguntó Kitaev con un brillo malicioso en los ojos.

Gigi sintió cómo todo su cuerpo se sonrojaba y se incorporó tensa.

–Nada –dijo con poca seguridad.

Algunas chicas soltaron una risita nerviosa. Ignorándolas, Gigi sostuvo la hoja hasta que él la agarró.

París está revolucionado por la noticia de que el oligarca Khaled Kitaev, uno de los hombres de menos de cuarenta años más ricos del mundo según la revista Forbes, *haya tenido suerte en una partida de póquer.*

La fortuna de Kitaev está en el petróleo, pero, como la mayoría de los hombres de negocios rusos, parece haber optado por invertir en propiedades y entretenimiento. Y ha tomado posesión de uno de los cabarets más famosos de París. Y no se trata de cualquier teatro, sino de uno de los más antiguos de Montmartre: L'Oiseau Bleu. El hogar de los Pájaros Azules. Un cabaret encantador con el aire de los viejos tiempos, pero... ¿por cuánto tiempo?

A juzgar por la reacción de la prensa, parece que los franceses no van a conformarse sin protestar.

Kitaev arrugó el papel en el puño y quedó hecho una bolita. Gigi no pudo evitar pensar que todos eran un poco como aquella bola de papel, e igual de desechables.

–¿Qué quieres saber?

Hacía que pareciera natural, pero Gigi no se dejó engañar. Sus ojos oscuros se habían endurecido mientras leía, y cuando alzó la vista tenían una expresión de advertencia.

Lo más sensato que podía hacer Gigi en aquel momento era preguntarle educadamente si preveía cambios mayores en el teatro que pudieran afectar a sus puestos de trabajo.

Pero entonces sintió el sutil movimiento de su mirada deslizándose por su cuerpo. No estaba siendo muy obvio, pero ella lo sintió de todas formas... y, maldición, los pezones se le pusieron erectos.

Así que, en lugar de ser razonable, perdió los estribos y se lanzó a por todas.

—Queremos saber si tiene planes de convertir nuestro cabaret en una versión de el Crazy Horse.

Capítulo 3

MARTIN Danton dejó escapar un gruñido. Su hermano parecía dispuesto a echar a la pelirroja de allí. Pero ella se mantuvo en su sitio.

–No lo sé –respondió Khaled sin apartar los ojos de ella–. Nunca he estado en el Crazy Horse.

Se dio cuenta de que ella apretaba los labios.

–Gigi, *ça suffit* –intervino Jacques Danton–. Ya es suficiente.

Pero ella no reculó.

–Creo que tenemos derecho a saberlo –protestó–. Se trata de nuestro trabajo.

Khaled se habría quedado más impresionado si no sospechara que su jefe le había dicho que hablara así.

–Vuestro trabajo está a salvo por el momento –lo dijo porque era cierto... en ese instante. Al día siguiente seguramente no.

–*Splendide!* –Jacques Danton sonrió.

–No es eso lo que he preguntado –interrumpió la pelirroja mirándole con aquellos ojos azules.

No para seducirle, registró Khaled, sino para ponerse en su contra. Estaba claro que, a diferencia de su jefe, no se lo había creído.

Consideró durante un instante la alternativa: que aquello no fuera algo pactado y la chica, mucho más inteligente que los Danton y dispuesta a enfrentarse a él, estuviera actuando sola.

–No somos un club de striptease, señor Kitaev, y eso estropearía...

Gigi aspiró con fuerza el aire y algo parecido a la angustia desfiguró sus preciosas facciones. En el tiempo que necesitó para recomponerse, Khaled se interesó por qué sería exactamente lo que pensaba que él iba a estropear.

–A nadie se le va a pedir que se quite la ropa –afirmó exasperado.

Qué diablos, no sabía qué iba a ser de aquel lugar. Tendría suerte si podía venderlo. Sin embargo, la pelirroja parecía creer que allí había algo que valía la pena salvar.

–*Voulez-vous, filles?*

Jacques Danton dio unas palmadas y las demás bailarinas empezaron a disolverse.

–*Maintenant*, Gigi –le espetó a la joven–. Ahora.

Ella estaba claramente dividida entre hacer lo que le decían o seguir interrogándole sobre sus puestos de trabajo, pero Khaled se dio cuenta de que no iba a enfrentarse a su jefe. Solo a él.

Y aquello era una novedad, porque hombres con muchos menos recursos que aquella joven, empresarios, miembros de la Duma, gánsters moscovitas, todos se andaban con mucho cuidado a su lado. Aunque también era cierto que ninguno de esos hombres tenía aquellos ojos de color lavanda.

No era desde luego la chica más guapa que había entre bambalinas, pero era la única de la que no podía apartar los ojos.

Lástima que bailara allí. Lástima que él volara al día siguiente...

Otra bailarina, la chica de los rizos oscuros, tomó la

mano de la pelirroja y se la llevó de allí lanzándole a Khaled una mirada de desaprobación.

Aquella noche el camerino común parecía más ruidoso y vibrante de lo habitual antes de la primera actuación. Solo se hablaba de una cosa: Khaled Kitaev.

–Dicen que el mes pasado la supermodelo rusa Alexandra Dashkova hizo que la envolvieran en una alfombra al estilo de Cleopatra, la llevaran a su suite en Dubái y la desenrollaran delante de él como si fuera un botín de guerra.

Aquello fue recibido con exclamaciones de sorpresa y admiración. A Gigi le tembló el pulso mientras se ponía las pestañas postizas.

–Entonces nadie tiene ninguna oportunidad con él –gruñó Adele al escuchar el comentario de Susie.

–*C'est vrai* –Solange se miró los senos con satisfacción y se ajustó el vestido cosido con diamantes–. Ha preguntado quién era yo. Mañana voy a tomar una copa con él después del espectáculo.

A Gigi se le resbaló la mano y las pestañas postizas terminaron en mitad de su mejilla.

–Estupendo –murmuró Lulu entre dientes inclinándose para quitarle a Gigi la pestaña de la mejilla y dársela en la mano–. Te apuesto lo que quieras a que se acostará con él y nos hará quedar a todas como unas chicas fáciles.

Había una división clara entre las chicas de L'Oiseau Bleu. Las bailarinas que aceptaban invitaciones de los actores de Hollywood y estrellas del rock que iban a ver el espectáculo y las que hacían fila todas las noches después del último show para esperar el autobús.

Gigi y Lulu nunca perdían el autobús. Solange aceptaba todas las invitaciones que le hacían. Y, al parecer, esa no había sido una excepción. Gigi se dijo que aquello no tenía nada de malo. Solo le preocupaba porque confirmaba sus peores sospechas respecto a los planes de Kitaev.

Cerró con fuerza la tapa de su neceser de maquillaje.

–Lo siento, Gigi –dijo Leah alertada por el ruido. Aunque no parecía sentirlo en absoluto–. Te has tomado tantas molestias para nada.

Gigi suspiró. Ya no había ninguna esperanza de que Khaled Kitaev se hiciera cargo del cabaret. Y ahora L'Oiseau Bleu corría serio peligro. Lo sabía todo sobre aquel hombre. Había visto en Internet la lista de sus empresas, y todavía seguía intentando entender cómo había hecho su fortuna.

Al parecer, en un principio se dedicó al petróleo, pero tenía el dedo puesto en muchas tartas. Gigi había aprendido viendo trabajar a su padre que para ganar mucho dinero era necesario explotar a los demás.

–¿Qué crees que va a hacer con nosotras? –preguntó Trixie, una de las bailarinas más jóvenes–. A lo mejor intenta arreglar las cosas. Puede que la situación no sea tan mala, Gigi.

No, seguramente sería peor. No le gustaba desilusionar a la chica, pero había que enfrentarse a los hechos.

Se levantó y miró hacia el grupo.

–¿Podéis escucharme un momento, por favor? –preguntó alzando la voz–. Kitaev es dueño de varias salas de juego en todo el mundo –hizo una pausa–. ¿Sabéis lo que eso significa para nosotras?

–*Oui* –intervino Ingrid–, un aumento de sueldo.

Se escuchó una carcajada general.

–Relájate, Gigi –le aconsejó otra chica dándole un codazo cariñoso.

–No puede. Hace tanto que no se acuesta con nadie que no sabe lo que es relajarse –exclamó Susie.

Volvieron a escucharse risas. Gigi sabía que tenía que volver a encauzar la conversación, porque ahora Susie estaba preguntando qué sentido tenía ser corista si no te aprovechabas de las ventajas que tenía: los hombres ricos.

–Lo que digo es que nadie debería salir con Kitaev –la interrumpió Gigi–. ¡No hay que darle alas!

En aquel momento se abrió de golpe la puerta del camerino.

–Chicas, esta noche han venido todos los millonarios rusos de la ciudad –anunció Daniela con su vestido de lentejuelas–. Aunque Kitaev no está. Pero hay seguridad por todas partes, y los de la Semana de la Moda también están aquí. Fuera está lleno de reporteros. ¡Creo que me voy a desmayar!

Lulu se ajustó el tocado en medio de los gritos y dijo con alegría:

–¿Lo ves, Gigi? Tal vez ese hombre no sea tan malo para el negocio después de todo.

–Vale, ha enviado a sus amigos, ¿y qué? –gruñó ella–. Una noche no hace una semana. Solo somos la novedad para un aburrido, arrogante y maleducado que...

Pero incluso su mejor amiga había saltado del barco y había dejado de escucharla. Se estaba ajustando la cola de dos metros que todas se ataban a la cintura para el primer número.

Angustiada, Gigi terminó de ajustarse la suya antes de salir al escenario con las demás.

–*Mademoiselle*...
–Valente.
–*Mademoiselle*, me temo que no puedo darle la información que busca. En el Plaza Athénée respetamos el derecho a la intimidad de nuestros huéspedes.

El conserje le dirigió una mirada de superioridad. Gigi sabía que su mal acento no ayudaba. Pero solo podía contar con lo que tenía, y, dado que había salido corriendo de su apartamento aquella mañana, estaba sin maquillar, con el pelo todavía mojado, y con el atractivo de una nutria.

–Entonces, ¿cómo voy a ponerme en contacto con él? –lo intentó de nuevo.

–*Mademoiselle* podría intentar llamarle.

–¿Me va a dar su número?

–*Non.* Ha dicho que es amiga suya, así que doy por hecho que tiene su teléfono.

Gigi decidió no insistir. Se dio la vuelta mientras pensaba si dejarle un mensaje, pero entonces todo cambió. Khaled Kitaev acababa de entrar en el vestíbulo del hotel.

Estaba mirando el móvil, y eso le dio a Gigi la oportunidad de recomponerse.

«Sé valiente, Gigi», se dijo. «Has tenido más pruebas de actuación que comidas calientes. Solo es otra prueba».

Hacía falta mucha confianza en sí mismo para entrar en un hotel de lujo con zapatillas deportivas, pantalón de chándal y camisa larga con letras cirílicas, pero Khaled Kitaev había conseguido que fueran los demás, los hombres y las mujeres vestidos de traje, los que parecieran fuera de lugar.

Y ahora se dirigía directamente a ella. Ya no había forma de esconderse.

«Piensa en lo que vas a decir. Sé educada. Sé profesional».

–¿Un corrimiento de tierras? –dijo Kitaev al teléfono–. En esa parte del mundo ocurre uno cada día. Lleva una excavadora y limpia ese maldito lugar.

Gigi escuchó con el pulso acelerado mientras veía

cómo colocaba la mano abierta en el mostrador de recepción, tan cerca de la suya que casi se rozaron. Pero se alegró de que no fuera así al escucharle soltar un improperio en ruso a quien estuviera al otro lado de la línea.

Tal vez aquel no fuera un buen momento...

Khaled dio un puñetazo en la superficie sólida más cercana que encontró. No podía creérselo. Otra reunión retrasada por el consejo del pueblo. Otro informe retrasado por un corrimiento de tierras.

No había logrado convencer a los miembros más mayores del clan para dinamitar la mitad de la montaña. Dos años y todavía no estaba cerca de construir la carretera. Y sin carretera no había resort.

¿Cuánta gente había enviado al desfiladero para explicar los beneficios que reportaría la nueva estructura en un rincón del mundo en el que los hombres todavía guiaban al ganado a caballo?

Cuando habló con el consejo del clan, le habían reprochado que no les hubiera consultado sobre los inversores rusos. Khaled permaneció al final de la sala de pie con los brazos cruzados, sin reaccionar.

Lo único que veía era el recuerdo de los ojos de su padrastro, entornados como rendijas mientras le golpeaba con una brida. Como si así pudiera conseguir que no fuera el hijo de otro hombre.

Incapaz de soportar la brutalidad de aquel recuerdo, Khaled salió de la sala, se subió a la camioneta y dejó el valle. La última comunicación del consejo le llegó cuando estaba mucho más al norte, volando hacia el Mar de Pechora para inspeccionar una plataforma petrolífera. Un mensaje a través de sus abogados.

¿Dónde está tu hogar? ¿Dónde está tu esposa? ¿Y tus hijos? Cuando tengas todas esas cosas ven a vernos como es debido y hablaremos.

Costumbres... Khaled era un hombre moderno que había hecho su fortuna en un mundo moderno. No iba a entrar en ese juego...

Se apartó del mostrador de recepción, colgó el móvil y su codo chocó contra el firme y redondo...

—¡Eh!

Khaled miró aquellos ojos azules ribeteados de doradas pestañas, acompañados ahora de un ceño fruncido.

—Tú... —dijo aclarándose la garganta.

—Sí, yo —su acento suave era como el whisky irlandés, y resultaba inesperado en una joven tan delicada.

Se había llevado la mano al pecho y se estaba masajeando la zona con gesto de dolor.

—Perdóname —Khaled dirigió la mirada hacia lo poco que podía ver, porque ella tenía la mano bajo la chaqueta.

Cuando el día anterior sacó aquella hoja había atisbado el montículo de un seno pálido y firme con un lunar en la parte superior. Khaled llevaba pensando desde entonces en aquel lunar. Pero aquel día la joven llevaba una camiseta rosa de cuello alto que no dejaba ver nada, unos vaqueros y chaqueta de lana azul. La melena le caía sobre los hombros. Era de un rojo cobrizo, ondulada y, en cierto modo, salvaje. Sexy.

Lo último que necesitaba. Razón de más para seguir su camino. Y eso fue lo que hizo.

Gigi le vio apartarse de ella sin decir una palabra más. Intentó no sentirse ofendida. Sabía que aquella misión iba a necesitar un esfuerzo. Así que fue corriendo tras él colocándose al hombro la mochila en la que llevaba los folletos *vintage* que quería enseñarle, la prueba de lo elegante que había sido L'Oiseau Bleu en el pasado, y también de que podría volver a serlo.

Estaba justo detrás de él cuando escuchó un movimiento rápido a su lado... y por segunda vez en dos días, Gigi se encontró tirada en el suelo.

Capítulo 4

NO TE muevas –gruñó una voz masculina.
Gigi no pensaba moverse. Estaba demasiado
aturdida como para hacer otra cosa que no fuera
quedarse allí tumbada. Solo reaccionó cuando la ayu-
daron a ponerse de pie. Se mareó un poco y un brazo la
rodeó por la cintura para sostenerla. Gigi se tambaleó y
dio con la nariz y la frente contra un duro pecho masculino. Alzó la barbilla y sus ojos se encontraron con
una mirada tan oscura como la noche.

Khaled le estaba hablando, pero era como estar debajo del agua. Lo único que entendió fue que nadie le
estaba atacando y que se sentía protegida por los grandes brazos masculinos que la rodeaban.

Fue entonces cuando vio al gorila que la había derri-
bado... dándole la vuelta a su mochila. Era una repeti-
ción de su peor recuerdo. Trató desesperadamente de
zafarse.

–¡Eso es mío! ¡Devuélvame mis cosas! ¡No tiene
derecho a tocar mis cosas!

Trató de ir por ellas, pero Khaled Kitaev la tenía
sujeta por el codo.

–Cálmate, *dushka*.

No tenía intención de calmarse. Se revolvió y le dio
un codazo en el pecho.

–¡Ya es suficiente!

Gigi dejó de retorcerse lo suficiente para que él la
soltara. Se apartó el pelo de los ojos con las manos, que

le temblaban descontroladamente. Menos mal que quería mostrarse profesional.

–Señor Kitaev, ¿hay algún problema?

El conserje con el que Gigi había hablado antes se había materializado a su lado.

Khaled vio el efecto que aquello tenía en la pelirroja. Parecía como si pensara que iba a arrojarla al foso de los leones.

–*Nichevo*. Ningún problema. Un pequeño malentendido.

–Sí, señor. Esas cosas pueden ocurrir. Pero esta joven...

–La señorita Valente es mi invitada –dijo Khaled. El nombre le salió porque la noche anterior había estado mirando su ficha–. Mi equipo de seguridad no la ha reconocido. Lamento las molestias.

–Entiendo, señor –dijo el conserje–. Ninguna molestia en absoluto.

Y, dicho aquello, desapareció tan sigilosamente como había llegado.

–¿Te has hecho daño? –le preguntó Khaled a Gigi.

–No –resopló ella mirando a su alrededor como si esperara otro ataque.

–Lo siento mucho –murmuró Khaled–. Ha sido una violación imperdonable de tus derechos humanos.

–No parece muy sincero –respondió Gigi mirándole con recelo–. Supongo que se está riendo de mí.

Khaled recordó cómo se habían reído las otras bailarinas de lo que ella decía.

–Creo que esto te pertenece –dijo Khaled siguiendo la mirada de Gigi, que se dirigió a la mochila.

Gigi la agarró y se la apretó contra el pecho. Khaled consultó su reloj en aquel momento y se dio la vuelta para dirigirse a las puertas. Al parecer, era una costumbre para él.

Gigi fue tras él sin soltar la mochila.

–Ya sé que esto está completamente fuera de lugar, señor Kitaev, pero estamos todas muy preocupadas por nuestros empleos, y pensé que podría enseñarle algunas cosas.

Khaled se detuvo en seco en aquel momento y Gigi se chocó con su espalda. Alzó la vista y tragó saliva.

–Te diré qué vamos a hacer, pelirroja. ¿Puedo llamarte pelirroja?

–Eh... sí. De acuerdo.

–Tú hablas y yo te escucho si me sigues el ritmo. ¿Puedes correr con eso?

Gigi se miró los pies desconcertada.

–Supongo.

Pero, cuando alzó la vista, Khaled ya estaba saliendo por la puerta. Le siguió hasta la acera y le vio cruzar la calle rodeado por aquellos dos gorilas.

–Pero yo no quiero correr –gritó Gigi detrás de él, a pesar de que estaba haciendo justo eso.

No era fácil, con la mochila colgándole de la espalda y moviéndose hacia los lados y la avenida llena de gente. Trató de alcanzarle, y estuvo a punto de conseguirlo en la esquina, cuando Khaled giró en la Avenida de los Campos Elíseos.

–¿Señor Kitaev? –gritó.

Para alivio de Gigi, Khaled disminuyó el paso.

–¿Podrías decir mi nombre en un tono bajo en lugar de gritarlo? –le preguntó cuando Gigi se le acercó.

–Claro. Lo siento.

–Así que tú eres la rebelde de las filas. Tu intento de acercamiento de ayer fue poco habitual.

–¿Qué intento? Yo no me acerqué a usted ayer.

–Me refiero a lo del acuario.

–No me lancé desde el tanque para llamar su atención. No pondría en peligro mi columna vertebral.

–Ya, claro –Khaled levantó un brazo frente a ella mientras comprobaba el tráfico–. Un consejo, no hagas tanta fuerza con los ojos. Ciérralos con naturalidad para que no te delaten los espasmos.

No era posible que pensara que estaba fingiendo... ¡pero si había sufrido una conmoción!

–¡No tenía espasmos!

–Claro que sí. Y descarta las camisetas durante el intento –dijo Khaled dejando caer el brazo y cruzando la calle–. Utiliza tus recursos.

Gigi bajó la vista al pecho. ¿Se refería a lo que ella estaba pensando?

–¡Eh! –exclamó detrás de él–. ¡No creo que debas decirme esas cosas!

Aunque algunos hombres le decían cosas peores. Había que tener la piel muy dura en aquel negocio. Pero, si Khaled iba a obligarla a perseguirle por las calles de París, al menos podía ser educado con ella. No era fácil, aunque llevara zapatillas deportivas. Además, tenía ampollas sobre ampollas en la planta de los pies por haber bailado la noche anterior con unos zapatos nuevos de tacón de aguja de diez centímetros.

Cuando consiguió volver a alcanzarle estaba jadeando.

–Solo intento representar a la compañía.

–¿Y qué quiere la compañía?

Gigi se lo quedó mirando. El hombre apenas había roto a sudar. Aquello era muy injusto.

–Una oportunidad para demostrar lo que valen. ¡Un aumento de sueldo!

«Y no servirte a ti sexualmente», quiso añadir. Pero no estaba preparada para gritar aquello en la calle. Confiaba en no tener que sacar el tema de Solange, resultaba vergonzoso. Pero teniendo en cuenta que la noche anterior no había aparecido por el cabaret, no creía que apareciera aquel día y se preguntó cómo se las arreglaría para quedar con Solange. Aunque tal vez no tuviera intención de hacerlo.

Pero la vida sexual de Khaled no era asunto suyo, se dijo con firmeza.

Exhaló el aire y se detuvo. Aquello no tenía sentido. Khaled no la estaba escuchando, solo se estaba divirtiendo y ella era el objeto de su broma. Nada nuevo.

Gigi dejó caer los hombros y entonces se dio cuenta de que Khaled se había girado y se dirigía hacia ella. La estaba mirando como si fuera la única mujer que había en la calle. Cuando estuvo cerca empezó a rodearla, obligándola a girarse una y otra vez mientras la miraba de arriba abajo.

–¿Qué vas a hacer exactamente para conseguir ese aumento de sueldo, pelirroja?

–Bailar –respondió Gigi frunciendo un poco el ceño.

–Ya –Khaled le guiñó un ojo y volvió a ponerse en marcha, aunque esa vez iba más despacio y le estaba prestando atención–. ¿Y cuándo te quitas la ropa?

–¿Perdón? –chilló ella.

–Esa es la parte que me interesa, pelirroja. ¿Si te llevo al hotel me harás un baile privado?

Gigi estuvo a punto de chocarse contra una señal de tráfico.

–¿De qué estás hablando?

–Las mujeres se lanzan a mis brazos constantemente. ¿Por qué ibas a ser tú diferente?

–No estoy aquí para *eso* –aseguró Gigi con impaciencia.

–*Eso* es sexo, y puedo conseguirlo en cualquier parte. Tendrás que subir la apuesta, pelirroja.

Gigi estuvo a punto de tropezarse. ¿Quién había dicho nada sobre sexo? Pero Khaled se estaba marchando y pensó que tal vez aquella fuera la última vez que hablaran, y él se iba a llevar la impresión de que era como Solange. Se quedó allí de pie observando cómo su musculoso cuerpo se alejaba un poco más.

–¡No he venido aquí para tener sexo contigo! –gritó a su espalda.

Capítulo 5

LA GENTE que pasaba por la calle reaccionó ante su exclamación como si les hubieran dado un latigazo. ¿Cómo era posible que aquel hombre tan taimado, horrible y machista pensara que tenía tan poco respeto por sí misma como para ofrecer su cuerpo a cambio de una subida de sueldo?

Khaled se detuvo de golpe y se acercó hacia ella con expresión peligrosa.

–¿Qué es esto? –gruñó.

–Yo podría hacerte la misma pregunta –a Gigi le tembló un poco la voz–. ¿Así es como vas a meter tus sucias manos en L'Oiseau Bleu?

Khaled la estaba mirando en ese momento como si estuviera realmente interesado en ella por primera vez.

–¿Y qué vas a hacer exactamente, señorita Valente?

–Luchar contra ti.

Khaled esbozó una media sonrisa.

–Adelante. Suelta tu mejor disparo.

–Lo haré –contestó ella–. ¡Solange Delon! –dijo como si pronunciara las palabras mágicas–. La invitaste a tomar unas copas contigo. Esta noche.

Khaled no se movió ni dijo ni una palabra. Gigi sintió como si la tierra se moviera bajo sus pies. Al ver que él seguía callado, decidió continuar.

–Creo que no está bien escoger a una corista como si fuera una de esas torres Eiffel de plástico que se compran a la salida del metro. Un souvenir de tu viaje.

–¿Es eso lo que piensas, Gigi? –el tono de Khaled sonaba engañosamente dulce–. ¿O lo has leído?

Gigi vaciló. Todo el mundo había leído las historias de los saqueadores rusos que se quedaban con todo lo que podían: objetos culturales, propiedades, mujeres...

–Supongo que vas a decir que no es verdad –declaró para romper el tenso silencio.

Khaled no contestó.

–Sinceramente, yo creo que es un poco exagerado –reconoció Gigi consciente de que estaba perdiendo terreno a pasos agigantados.

Khaled le dirigió una media sonrisa.

–Seguramente –murmuró–. Como te he dicho, las mujeres se me tiran encima constantemente.

–Supongo que no puedes evitar ser guapo –Gigi cerró los ojos un instante. ¿Por qué le había dicho eso?

–Yo iba a decir que el dinero produce un extraño efecto en la gente –Khaled la estaba mirando como si se sintiera fascinado por ella–. Pero, si vas a echarme piropos, te diré que a la mayoría de los hombres no les interesa saber que son guapos.

–Estoy hablando con objetividad –Gigi se sonrojó–. Mira, no voy a quedarme aquí para hablar de tu físico.

–Te sientes atraída por mí.

Gigi se puso tensa.

–¡No! No eres mi tipo. Mi tipo es un hombre sensible, cariñoso, amante de los animales, que quiera mucho a su madre...

–Necesitas un nuevo tipo –la interrumpió Khaled.

Ahora sonreía abiertamente, pero en lugar de sentirse molesta, Gigi notó cómo le latía el corazón con fuerza dentro del pecho. Ojalá pudiera parar. Y ojalá pudiera dejar él de sonreír también.

Gigi aspiró con fuerza el aire.

–Mira –dijo estirando el brazo instintivamente para

tocar el suyo–. Olvidemos lo que acabamos de decir los
dos y empecemos de nuevo.

Sonaba algo vacío incluso para ella, pero no tenía
nada más. Khaled le estaba mirando la mano y Gigi iba
a retirarla cuando él entrelazó los dedos con los suyos.
Ella alzó la mirada, pero antes de que pudiera siquiera
preguntarle qué estaba haciendo, una lluvia de gravilla
cayó a sus pies. Siguió su dirección y vio que habían
sido dos niños lo suficientemente mayores para saber
que eso no se hacía.

Una mujer, sin duda su madre, agarró a los dos cul-
pables del brazo.

–*Quittez notre cabaret tout seul!* –dijo con voz tensa
mirando de reojo a Kitaev–. *Barbare!* –le espetó.

«Deje nuestro cabaret en paz, bárbaro».

Una pareja joven se había detenido y la chica sacó el
móvil para hacerles una foto.

Un hombre mayor murmuró:

–¿Por qué no se vuelve usted a Londres, que es donde
pertenece?

Gigi podría haber visto más cosas, pero Kitaev se
colocó delante de ella bloqueándole la vista. Durante
un instante se sintió confusa. ¿La estaba protegiendo?
Miró hacia su ancha espalda y se sintió rara, porque
ningún hombre se había ocupado de su bienestar con
anterioridad, que fuera ese hombre resultaba... confuso.
Pero a ella nunca le habían gustado los abusones.

–Eh, ¿quién se cree usted que es para hablar así a
gente que ni siquiera conoce? –exclamó rodeando a
Khaled y dirigiéndose a la mujer que llevaba a los niños agarrados ahora del cuello de la camiseta–. No me
extraña que sus hijos sean tan maleducados. Y usted,
señor –señaló al anciano–, debería informarse antes de
hablar. Él ni siquiera vive en Londres. Ninguno de ustedes ha visto lo que está haciendo en el cabaret. Le es-

tán condenando todos antes de tiempo. ¿Por qué no esperan a ver qué pasa antes de juzgar? Tal vez se lleven una sorpresa.

Al contrario, pensó Khaled. Iba a hacer exactamente lo que esperaban. Endosarle el cabaret al primer comprador que pudiera.

–Además, si la gente como ustedes comprara una entrada para el espectáculo de vez en cuando no estaríamos metidos en este lío –Gigi puso los brazos en jarras y se los quedó mirando a todos fijamente.

Khaled se preguntó por qué se molestaba. ¿Por qué prestaba atención a aquellas personas? Su opinión no significaba nada. La cambiarían al día siguiente con un nuevo titular del periódico.

–¿Quién te crees que eres? –inquirió la mujer con tono acusador.

Aquel era el momento que Gigi estaba esperando, aunque no lo supiera. Se puso muy recta.

–Ya es suficiente –murmuró Khaled entre dientes agarrándole la mano–. El espectáculo ha terminado.

–Soy Gigi Valente –gritó ella mientras Khaled se la llevaba de allí casi a rastras–. ¡Soy corista en L'Oiseau Bleu, el mejor cabaret de la ciudad!

Khaled tiró con fuerza de ella y la colocó a su lado. Miró hacia atrás y sus facciones se endurecieron. Gigi siguió su ejemplo y vio que la gente les estaba haciendo fotos con los móviles.

–No te des la vuelta –le ordenó él–. Y no respondas. No me puedo creer que les hayas dicho tu nombre.

Gigi parpadeó, consciente de que tenían las manos entrelazadas.

–¿Por qué no iba a hacerlo? –fue entonces cuando cayó en la cuenta–. Oh, no... No creerás que lo he hecho adrede, ¿verdad?

–*Nyet* –respondió él–. Creo que lo has hecho como

al parecer lo haces todo, Gigi. Sin ser consciente de la realidad de la situación.

Ella apretó los labios. Se estaba refiriendo a sus acusaciones anteriores. Acusaciones por las que todavía no se había disculpado.

–*Barbare!* –gritó alguien más.

Gigi nunca se había imaginado que la opinión pública pudiera ser tan aterradora. Soltó un grito cuando recibió varios flashes en la cara y se dio la vuelta instintivamente. Khaled la recibió en el refugio de su cuerpo. «Paparazzi» fue la única palabra que entendió en la retahíla en ruso que soltó Khaled. Aunque su habilidad para concentrarse se veía mermada por el hecho de estar pegada a él. Era increíblemente duro y fuerte, y ella aspiraba su aroma como si fuera una adicta. Olía a loción para después del afeitado y a sudor fresco de hombre. Era una combinación embriagadora, y dado que tenía la mano firmemente apoyada en la base de su columna, Gigi supuso que Khaled quería que se quedara donde estaba. Los fotógrafos se marcharon con la misma rapidez con que habían llegado, pero ninguno de los dos se movió.

Khaled hacía que fuera muy consciente de ser una mujer.

–Tenemos que movernos –murmuró él rozándole la mejilla con su respiración. Pero no se movió.

¿Lo estaría sintiendo él también? Gigi fue consciente de la fuerza de sus muslos contra los suyos, y de pronto fue consciente de que ella no era la única que tenía un problema.

Intentó recordar que Khaled era un hombre y que, como sus cuerpos estaban pegados, podía tratarse de una reacción biológica involuntaria. Pero no pudo evitar sentir una punzada de autoestima ante la impresionante confirmación de que no era tan inmune a ella como fingía ser.

Gigi alzó la vista. Él la estaba mirando con atención.

A Gigi se le aceleró el pulso. Estaba tan cerca que podía ver las líneas doradas de sus oscuros ojos. Pero cuanto más tiempo permanecieran así, más posibilidades tendría Khaled de ver algo en ella que no quería que ni él ni nadie viera. Así que se apartó instintivamente.

Khaled le volvió a tomar la mano en un gesto inesperado y ella trató de zafarse porque le resultaba todo demasiado íntimo. Pero él empezó a andar y la llevó consigo.

–¿Qué estamos haciendo? ¿Qué pasa ahora?

–Nos vamos –Khaled sacó el móvil del bolsillo, pulsó una tecla y dijo algo en ruso–. Por tu culpa vamos a estar en todo Internet. Por ser una bocazas –murmuró con calma guardándose el móvil.

Gigi sabía que tenía razón. Lo había estropeado todo.

De pronto salió un grupo de hombres de la nada. Khaled volvió a pasarle el brazo por la cintura.

–Tranquila. Son los de seguridad –afirmó con aquella seguridad masculina que la llevó a agarrarse a él mientras la llevaban casi en volandas a una limusina de cristales tintados que también había surgido de la nada.

Sin decir una palabra, Khaled la metió en el coche sin dejarle mucha opción.

–He tenido algunos problemas de seguridad desde que llegué a París –le comentó él cuando el coche se puso en marcha–. Violación de la intimidad, fotógrafos... y lo que acabas de ver. Gente que se acerca blandiendo el hacha.

Gigi apretó los labios y guardó silencio.

–Lo cierto es que tengo varias propiedades en el sur de Francia y algunas empresas con sede en París y sus alrededores –Khaled miró por la ventanilla hacia el tráfico–. No hay ningún gran plan.

Se volvió a mirarla muy serio.

—Y para tu información, te diré que Solange Delon era un truco publicitario. Tengo un equipo de Relaciones Públicas, y pensaron que si me fotografiaba con una corista francesa podríamos poner fin a todas las noticias negativas.

—Ah —dijo Gigi en voz baja sintiendo cómo crecía un centímetro de altura.

Khaled la miró con impaciencia.

—Piénsalo... ¿andaría yo persiguiendo coristas con la opinión pública totalmente en mi contra?

—Supongo que no... ¿y ahora dónde vamos? —quiso saber ella.

—A mi hotel.

Capítulo 6

SIENTO las molestias –dijo Gigi incómoda quitándose el cinturón de seguridad–. Lo he malinterpretado todo.

Sí, pensó Khaled. Pero él también. La química que había entre ellos era muy fuerte. Y eso iba a complicar las cosas. Por suerte, en la entrada posterior del Plaza Athénée no había ningún paparazzi, solo un par de furgonetas de reparto. Si eran discretos no deberían tener ningún problema para entrar y subir.

Se dio cuenta de que Gigi había bajado a toda prisa del coche, pero que se acercaba muy despacio a la entrada de servicio. Estaba claro que no quería entrar. Y eso despertó la ira de Khaled.

–Sigue andando –le puso la mano en el centro de la espalda y le dio un suave empujoncito. Quedarse ahí fuera era una invitación a los problemas.

Estaban en medio del abarrotado vestíbulo cuando de pronto Gigi decidió dejarse caer sobre una rodilla. Khaled estuvo a punto de tropezarse con ella.

–¿Qué diablos haces?

Gigi se apartó el flequillo rebelde y le miró de reojo.

–No te preocupes por mí. Tú sigue, yo volveré a casa.

La frustración de Khaled se mezcló con algo más, pero ignoró ese «algo más» y la ayudó a ponerse de pie. Entonces se dio cuenta de que el talón de un pie le sobresalía de la zapatilla y... ¿estaba sangrando?

Para asombro de Gigi, su nuevo jefe se inclinó a su

lado y le desató los cordones antes de que ella pudiera reaccionar. Luego le levantó el pie izquierdo con sus manos fuertes y expertas para intentar quitarle la zapatilla. Gigi trató de volver a meter el pie, pero lo tenía hinchado y le resultó imposible.

Decidió rendirse y dejó que Khaled la guiara hacia los ascensores con la mano apoyada en su espalda.

–¿De verdad van a terminar esas fotos en Internet? –preguntó con voz estrangulada cuando se cerraron las puertas del ascensor.

Gigi se dio cuenta de que no le había quitado la mano de la espalda. Se humedeció el labio inferior y trató de reunir el coraje necesario para decirle que le quitara las manos de encima. Pero tenía poca voluntad.

–Sin duda –Khaled deslizó ligeramente la mano para rodearle la cintura–. Cuando salgas esta noche a actuar, todo París las habrá visto ya.

Las puertas se abrieron y Gigi esperó. No tenía muy claro qué hacían allí. Khaled le pasó el brazo entero por la cintura y el otro por las corvas y la levantó del suelo sin esfuerzo. Gigi se vio obligada a agarrarse a sus fuertes y sólidos hombros.

–¿Qué estás haciendo? –le pareció que debía preguntarlo.

–Cuidar de ti.

Gigi abrió la boca y volvió a cerrarla. Después de todo, tenía veinticinco años y había cuidado de sí misma durante los últimos tiempos con bastante éxito. Pero ningún hombre la había llevado nunca en brazos con anterioridad, y como la mayoría de las mujeres, era una fantasía que tenía pendiente...

Khaled se movía rápidamente, lo que la obligó a rodearle el cuello con los brazos para ir más segura. Aplastó los senos contra su pecho, y Gigi se dijo que era una cuestión de necesidad.

—No tienes por qué hacer esto —se vio obligada a decir.

—Soy consciente de ello.

Khaled abrió las puertas de cristal del recibidor de su suite y al instante se vieron rodeados de lujo.

—Muy bonito —dijo Gigi.

—No es por mi gusto —respondió él—, pero necesitaba una planta entera para el fin de semana por razones de seguridad y este hotel lo ofrecía.

La llevó en brazos hacia una zona de estar muy lujosa, siguió por el pasillo y llegó a un dormitorio. Dentro había una cama muy grande. Gigi se preguntó si no debería decirle que no la confundiera con Solange. Aunque, según Khaled, no había pasado nada con Solange.

—En esa cama caben al menos diez personas —comentó con un tono chillón que no era el suyo.

La única respuesta que recibió fue un gruñido. Al parecer, Khaled no estaba interesado en la cama. Ni siquiera redujo el paso. Y la dejó sobre el tocador del baño. Gigi fue recibida por su imagen en el espejo, lo que apartó cualquier pensamiento de que pudiera confundirla con una chica sexy. Estaba horrible. Todas las pecas se le habían convertido en manchas de calor.

Se fijó en que Khaled estaba abriendo el grifo del lavabo y eso le resultó extraño. Entonces él le agarró los pies.

—De acuerdo. Déjalo ahí —Gigi le puso las manos sobre las suyas y le miró con recelo—. Yo me ocupo de los daños. Ahí no hay nada que mirar.

—¿Cuál es el problema? —los oscuros ojos de Khaled le recorrieron el rostro—. Dudo mucho que tengas algo que no haya visto antes.

Gigi tuvo la impresión de que al decir eso le miraba el pecho. Sintió cómo los pezones se le endurecían bajo la suave tela del sujetador. Aquello no iba bien. Estaba tan sumida en sus pensamientos que no se dio cuenta al instante de que le estaba quitando los calcetines. Cuando aparecieron sus agrietados talones, Gigi gritó y apartó los pies a toda prisa, apretando la espalda contra el espejo.

Khaled dijo algo en ruso y la miró de arriba abajo como si fuera un problema que tuviera que resolver. Pero a ella no le importó. Si había algo realmente poco sexy en ella eran sus pies. Allí era donde se mostraba claramente todo el daño y las cicatrices de veinte años de baile. Era como una confesión. Nada le había resultado fácil y tuvo que pagar un precio.

–¿Y ahora cuál es el problema?

¿Qué quería decir con «ahora»? Si le había causado problemas, Khaled era igual de responsable que ella. Se negaba a cargar con toda la responsabilidad de los desastres de aquella mañana.

–No hay ningún problema –gruñó ella–. Solo quiero encargarme yo misma de mí. Yo no te he pedido que me trajeras aquí. No he pedido todas estas atenciones.

Khaled no parecía muy convencido. Le dirigió una mirada penetrante que daba a entender lo contrario. ¡Y eso no era justo! Gigi se revolvió incómoda. Khaled bajó la vista y se quedó mirando algo.

¿Y ahora qué ocurría? Gigi siguió su mirada. Era consciente de que tenía el estómago al aire porque la camiseta se le había subido mientras la transportaba, pero no había pensado en que como los vaqueros eran muy flojos se le habían bajado y estaba mostrando mucha piel... y también el piercing del ombligo.

Antes de que Gigi tuviera tiempo de bajarse la camiseta, Khaled deslizó los nudillos por su ombligo para hacer sonar la campanita de plata en miniatura.

–Es una campana –dijo. Y al instante se encogió. ¿Se podía ser más tonta?

Khaled volvió a hacerlo. Su tacto resultaba insoportablemente suave. Insinuaba cómo sería en una situación todavía más íntima.

Gigi se mordió el labio inferior y alzó la vista para mirarle. Khaled le estaba sonriendo.

–Me preguntaba cómo sonaría –su acento sonó más marcado.

Gigi empezó a respirar agitadamente. Sintió un sutil temblor entre las piernas. Si Khaled volvía a tocarla, aquel temblor iba a hacer explosión. Se sintió cohibida y bajó las rodillas a toda prisa... pero ahora Khaled estaba entre sus piernas y ella se había quedado atrapada... a menos que él se moviera.

Khaled se movió. De forma casi despreocupada, pero Gigi no se dejó engañar. Tenía las palmas de las manos situadas a ambos lados de ella y estaba atrapada.

El corazón empezó a latirle con fuerza porque Khaled estaba demasiado cerca, olía demasiado bien y sentía como si tuviera tambores de la jungla resonándole en la sangre. Tragó saliva, incapaz de apartar la mirada de la suya.

–Y dime, ¿qué problema tienes en los pies?

Esa vez sonaba mucho menos impaciente, como si estuviera dispuesto a resolver el problema fuera el que fuera.

Gigi se aclaró la garganta.

–No tengo ningún problema.

Khaled hizo sonar la campanita con la punta del pulgar y ella dejó escapar un suave sonido. El aire se hizo más denso entre ellos.

–Campanilla –murmuró Khaled–. Leí el libro cuando era niño y siempre me sentí atraído por ella a pesar de lo molesta que era. Wendy no me decía nada.

Gigi entornó los ojos azules y Khaled sintió ganas de echarse a reír, porque decirle a una mujer que te recordaba a un hada de un cuento infantil era casi tan absurdo como lo que estaba haciendo en aquel momento... deslizar las yemas de los dedos índice y corazón por la piel increíblemente suave que le rodeaba el ombligo. Solo tenía que bajar los dedos un poco más y podría desabrocharle los botones de los vaqueros. Y entonces sabría qué llevaba bajo los vaqueros.

—Para —gimió ella mordiéndose el labio inferior.

Khaled retiró la mano y apretó el puño. Gigi tenía razón. Dejó escapar el aire con fuerza.

—Bueno, ¿y qué pasa con esos pies?

Ella abrió la boca, pero Khaled ya había deslizado las manos bajo sus plantas para colocarle los pies sobre el tocador.

Esa vez Gigi no se defendió, sino que subió las rodillas y cerró los ojos con fuerza como si estuviera en el dentista. A Khaled le habría hecho gracia si no estuviera tan excitado. Tanto que le dolía.

Le quitó con cuidado los calcetines y los arrojó a la papelera del baño. Descubrir lo destrozados que tenía los pies fue un fuerte empujón para su deseo de hundirse en su belleza ágil y suave. El daño parecía antiguo, las cicatrices habían blanqueado. Tenía unos pies estrechos de dedos largos, formados a lo largo de los años que había invertido para esculpir la exquisita forma femenina que estaba sentada frente a él. Sin embargo, no encontraba explicación a las ronchas blancas.

Cuando Khaled era niño y vivía en la montaña aprendió a curar las alas de los pájaros y las patas rotas de los pequeños mamíferos. Su padrastro le había enseñado con paciencia, igual que a seguirles el rastro y matarlos limpiamente. Antes de que todo se torciera. Antes de que entendiera que cada año que pasaba se parecía más y más a su padre tanto en el aspecto físico como en la reputación. Y que le acosaran a los ocho años no tenía nada que ver con el hecho de que fuera bueno con los puños y que se ofendiera fácilmente.

Khaled le deslizó las yemas de los pulgares por los callos y ella emitió un sonido de desesperación.

Él entendía lo que era la vergüenza. Entendía lo que podía hacerle a una persona si no se luchaba contra ella.

–Relájate –le pidió alzando la vista. Pero Gigi había vuelto a cerrar con fuerza los ojos, como si así pudiera esconderse.

Khaled sabía cómo hacerle olvidar el miedo y la vergüenza. Tomó uno de sus estrechos pies entre las manos y apretó los pulgares contra el sensible músculo situado en el arco. Esquivando las ampollas reventadas, le deslizó los pulgares por las plantas de los pies.

Ella gimió y abrió los ojos de par en par con genuino asombro. Khaled experimentó una profunda satisfacción. Sabía cómo manejar aquello. Porque bajo el shock de Gigi había una sensualidad tan natural y sin adornos como ella misma. Era una criatura bella y salvaje, y podía ver cómo le latía el pulso en la base del cuello. Pero él sabía cómo manejar a una criatura salvaje y asustada...

Capítulo 7

BIEN?
—Por favor, no... —gimió Gigi. Cuando lo que quería decir era «más».

Khaled volvió a presionar. Ella soltó un gemido indefenso y se entregó al alivio. Khaled siguió trabajando hasta que le liberó toda la tensión y entonces echó la cabeza hacia atrás y volvió a gemir. Fue un sonido profundo y completamente inconsciente. Muy sexy. Khaled lo sintió en la entrepierna.

—¿Bien?

Ella emitió otro sonido de aprobación. Khaled estaba peligrosamente cerca de perder el control.

—Esto a lo mejor te duele.

Gigi silbó como una tetera cuando le deslizó los pies en el agua. La piel expuesta no casaba bien con el agua. Abrió primero un ojo y luego el otro. Escudriñó su rostro en busca de alguna señal de disgusto. Pero no la encontró.

Khaled le quitó la sangre seca con una esponja, luego dejó ir el agua y le cubrió los pies con una toalla de mano que había al lado del lavabo.

—Gracias —murmuró Gigi sin saber bien qué más decir.

No estaba acostumbrada a que la cuidaran, y por eso la intimidaba tanto aquel hombre. Khaled se había ocupado de sus pies con un cuidado y una generosidad que la llevó a preguntarse qué más sería capaz de hacer con aquellas manos grandes... le miró casi con timidez.

Khaled dejó la toalla a un lado y abrió un botiquín de primeros auxilios del que sacó algodón, antiséptico y unas tiritas.

Gigi se mordió el labio inferior.

—No son bonitos —murmuró en voz baja.

—Eres bailarina. Tienes pies de bailarina.

—Lo sé, pero las otras chicas no los tienen tan mal.

Khaled alzó la vista hacia ella y Gigi vio muchas preguntas en su mirada. No tenía muchas ganas de responderlas, pero tampoco quería hacer una montaña de aquello.

—Cuando tenía menos de veinte años hacía un número en la cuerda floja para el que tenía que atarme cuerdas a los pies. Mi padre, que era el dueño del circo, me decía que las rozaduras desaparecerían, pero no fue así.

—¿Eras acróbata?

—Pero no muy buena —reconoció ella—. Aunque eso sí, se me quitó por completo el miedo a las alturas.

—Esto es una barbaridad —murmuró Khaled deslizándole el pulgar por una de las ronchas—. ¿Qué clase de padre permite que le pase esto a su hija?

A Gigi le latía el corazón con fuerza. Las preguntas de Khaled se estaban acercando demasiado a verdades dolorosas de su pasado.

—Tú no eres quién para juzgar —respondió con tirantez—. No estabas allí. Es una vida dura. El dolor forma parte de ello —le pareció escuchar la voz de su padre repitiendo aquellas palabras.

—Y, sin embargo, te sientes avergonzada. Y no tienes nada de qué avergonzarte, pelirroja.

—Lo sé —se apresuró a decir ella mirándose los pies y preguntándose por qué le estaba contando todo aquello—.

¿Podrías dejar de llamarme pelirroja? –le pidió alzando la vista–. Me llamo Gigi... o Gisele.

–Gisele.

Gigi contuvo el aliento al escuchar su nombre con aquel acento ruso tan marcado. Sonaba femenino.

–Es bonito.

Su sinceridad era difícil de asumir. Gigi parpadeó y se miró los dedos flexionados.

–No como mis pies.

Khaled la miró muy serio durante un instante con aquellos ojos oscuros y luego se incorporó y se quitó la camiseta.

Gigi se quedó cegada ante aquel despliegue repentino de piel dorada en la que no había ni una gota de grasa. Aunque era delgado, tenía huesos y músculos fuertes y anchos y el pecho cubierto de un fino vello oscuro. Gigi resistió el deseo de deslizar los dedos por él.

–Mira esto –le pidió Khaled con voz ronca.

Se giró para mostrarle una espalda gloriosamente definida y llevó las puntas de los dedos a una fea cicatriz que tenía en el hombro izquierdo.

–Esto me lo hizo una bala. Se alojó en el hueso y me hizo añicos la escápula. Y aquí... –tomó la mano de Gigi, mucho más pequeña, y la puso en la cintura, donde tenía una incisión de siete centímetros que no se había curado bien y dejó una cicatriz blanca–. Una herida de cuchillo.

Khaled se dio la vuelta.

–Esta decoloración de aquí –se bajó la cinturilla del pantalón por la línea de la musculada cadera y dejó al descubierto una pelvis fuerte y una flecha de vello oscuro que descendía hasta su sexo. Una salpicadura de pigmentación más oscura indicaba quemaduras–. Esto fue una explosión en una carretera que se suponía debía estar despejada.

Gigi le acarició la vieja herida con los dedos, consciente de un modo visceral de que estaba tocando su piel desnuda y de que la sentía dura y masculina.

–¿Cómo te hiciste eso?

–En el servicio nacional. Cazando –Khaled la miró y esbozó una débil sonrisa–. Tengo más, pero eso implicaría quitarse más ropa y no creo que te vayas a sentir cómoda.

Gigi abrió la boca para decirle que se sentiría muy cómoda aunque se quitara la ropa, pero entonces vio el brillo de sus ojos. Contuvo el aliento. Khaled la deseaba. Antes de que pudiera reaccionar adecuadamente, él le pasó el brazo por la cintura y le puso la mano en la nuca, hundiéndola suavemente en su pelo. Gigi solo tuvo un momento para mirarle a los ojos antes de que deslizara la boca sobre la suya.

La seguridad de su movimiento la dejó sin saber dónde ir, y Gigi se vio bajo el sensual vaivén de la boca de Khaled sobre la suya. Abrió los labios, su sabor masculino invadió cada poro de su ser. Dejó caer las pestañas. Khaled no se dio prisa, lo estaba disfrutando. Nadie la había besado así nunca antes. Era arrebatador y no quería que se detuviera.

Pero se detuvo. La soltó después de darle solo un beso, dejándola asombrada y ligeramente jadeante.

–Esto es una mala idea –dijo él con tono ronco. Todavía tenía los dedos en su nuca y seguía mirándole fijamente la boca.

Gigi no quería que fuera una mala idea. Quería que siguiera besándola. E iba a conseguirlo.

Le puso una mano en el pecho y abrió los dedos como una estrella de mar, usando el vello de su torso para tirar de él en la dirección que quería.

–No creo –dijo mirándole con decisión a los ojos. Un primitivo estremecimiento le recorrió la espina dorsal hasta el cerebro, noqueando todas las realidades de su situación. Los paparazzi... quién era él... quién era ella... el cabaret. Todo desapareció. Solo eran un hombre y una mujer.

Sus bocas se encontraron, la de Khaled precipitándose sobre la suya con ansia una vez más. No fue un beso educado ni persuasivo. Fue brusco y despertó llamaradas de fuego en el cuerpo de Gigi.

Le rodeó el cuello con los brazos de forma instintiva y se oyó un ruido sordo cuando el botiquín cayó al suelo. Gigi colocó las piernas alrededor de su dura y delgada cintura. Khaled la bajó del mueble con las manos cubriéndole el trasero y con las bocas todavía pegadas salió del baño cargando con ella.

Todo estaba pasando muy deprisa y Gigi no sabía muy bien por qué, pero tenía claro que si ralentizaban la marcha uno de los dos detendría aquello. Khaled le estaba quitando la chaqueta y ella le ayudó utilizando los muslos como agarre para sujetarlo. Sus senos se estremecieron por las sensaciones y los aplastó contra su pecho mientras intentaba quitarse la chaqueta. Khaled estaba gloriosamente erecto bajo el peso de su pelvis. Y luego fue libre para apretarle con fuerza contra sí y besarle también, embriagada por su sabor.

Khaled dio con las rodillas en un lado de la cama y la colocó sobre el colchón con un rápido y experto movimiento. Le subió la camiseta y le cubrió los senos con las manos, alzándose para poder verla.

«Esto no va a arreglar el cabaret, Gigi», le dijo su sentido común. «Solo te va a buscar un problema».

Pero de todas formas le recorrió el pecho con las manos, disfrutando de su fuerza y solidez, y le rodeó el cuello con los brazos antes de que Khaled pudiera quitarle el sujetador. Volvió a empujar la boca de Khaled hacia la suya y le deslizó las manos con timidez hacia la cinturilla. En aquel instante sintió cómo una resistencia se apoderaba del cuerpo de Khaled y le sujetaba la muñeca con fuerza.

–No lo hagas.

Sus palabras cayeron sobre Gigi como un jarro de agua fría. Khaled le soltó la muñeca y vio en sus ojos que estaba deteniendo la situación... algo que ella debió haber hecho unos minutos atrás.

Que Khaled pudiera retirarse ahora, cuando ella estaba tan excitada y prácticamente encima de él, resultaba horriblemente vergonzoso. Cuando se apartó de ella, Gigi supo que debería incorporarse al instante y mostrarse tan fría y contenida como él.

Pero se dio cuenta de que no era tan sofisticada. O tal vez se debiera a que hacía mucho que no estaba en una situación así con un hombre real. Gigi cerró los ojos como si así pudiera hacerle desaparecer. Cuando encontró el valor para volver a abrirlos, se dio cuenta de que Khaled estaba frente a ella pasándose las manos por el pelo. Tenía un aspecto algo triste y parecía más joven de los veintinueve años que tenía.

–Esto no es muy inteligente –dijo con voz grave y ronca.

¿No? Gigi, que seguía tumbada en la cama, hizo un esfuerzo por apoyarse en los codos. Se preguntó qué quería Khaled que hiciera. ¿Se suponía que debía decir algo?

–Necesito una ducha –murmuró él.

Gigi lo vio marcharse sin saber muy bien qué correspondía hacer. Todavía estaba un poco mareada y confusa. ¿Qué había hecho mal? Aunque en el fondo lo tenía claro. Era una corista y Khaled su jefe, y Gigi no había ido allí para esto. Se miró los senos, que tan felices se habían sentido bajo sus manos. Todavía tenía los pezones erectos como dos soldados desfilando. Pero aquel no iba a ser su día.

Vio cómo se cerraba la puerta. Se había quedado sola en medio de aquella cama glamurosa.

Khaled salió de la ducha con el cuerpo controlado por los efectos del agua helada, consciente de que haber probado un poco a Gigi la hacía todavía más peligrosa.

Ahora sabía cómo era: suave, complaciente, salvaje. Cómo movía la boca de forma sensual. Cómo usaba la lengua y los soniditos que emitía y que le excitaban tanto. Era la más dulce y salvaje de las criaturas. Khaled suspiró. Pero no era para él.

Al haber fotografías de ellos en Internet, no podía hacer lo que al parecer surgía de un modo natural entre ellos. Entró en el dormitorio y se encontró con... nada.

La única señal de que algo había sucedido era la colcha arrugada y el aroma de Gigi, una mezcla de canela y azúcar caliente. Se le hizo la boca agua.

–¿Gigi?

Silencio. Buscó su mochila, pero también había desaparecido. Khaled se quedó con los brazos en jarras con la toalla rodeándole las caderas y se preguntó a qué venía la punzada de desilusión que estaba sintiendo. La había juzgado mal. Toda aquella dulce y excéntrica confusión de la que hacía gala... eran como miguitas de pan que llevaban a la puerta de su cabaret. Una estafa. ¿Cómo era posible que no lo hubiera visto?

Tendría que haberse puesto a analizarlo desde el momento en que las piernas de Gigi se cerraron firmemente alrededor de sus caderas y sus senos le rozaron el pecho. Khaled se puso los vaqueros y una camisa limpia y se preguntó cómo había podido ser tan crédulo y tan descuidado. Fue la confusión de Gigi y su estrés cuando aparecieron los paparazzi lo que le había confundido.

No actuó como una mujer con un plan, sino que se presentó como una chica extravertida y alegre que casualmente tenía un cabaret que promocionar. Un instante después se convirtió en una joven vulnerable con un pasado que sonaba colorido y a la vez duro, a juzgar por sus pies.

Fue el instinto lo que le llevó a quitarse la camiseta y mostrarle sus propias cicatrices para que no sintiera vergüenza por las suyas. No contaba con lo delicioso que resultaría su tacto sobre el cuerpo. Era un escenario que ya no tenía lugar en la vida de Khaled desde que ganó su primer millón. Siempre había una trampa. Lo que acababa de descubrir ahora no le resultaba ajeno, pero había bajado la guardia con ella, y, extrañamente, su partida le hacía sentir como si le hubieran pegado un puñetazo en el vientre.

Resopló. Tenía que centrarse. Gigi no había conseguido lo que quería y se había marchado. Así de sencillo. Ahora tenía que llamar a su abogado y averiguar qué podía hacer con respecto a aquellas fotos.

Capítulo 8

KHALED sacó el móvil mientras salía descalzo al salón principal con su explosión de terciopelo y tafetán, pero no llegó a hacer la llamada.

Gigi estaba sentada en el sofá con aquellas piernas imposiblemente largas y la cabeza inclinada mientras trabajaba con un ordenador portátil. Khaled se acercó despacio por detrás de ella. Se detuvo detrás del sofá. La pantalla que tenía delante estaba llena de imágenes de L'Oiseau Bleu.

—¿Gigi?

Ella dio un respingo.

—Jesús, María y José, me has asustado.

Tras un momento inicial de contacto visual, Gigi volvió a centrar la atención en la pantalla casi al instante.

—¿Qué es esto? —preguntó Khaled con más brusquedad de la que pretendía.

—Estoy recopilando unas cosas que quiero enseñarte sobre la historia del cabaret, la importancia que tiene para París. He pensado que ya que estoy aquí... —Gigi no acabó la frase y dio clic a otra imagen, una de los tiempos gloriosos del cabaret.

Khaled estaba más interesado en el ordenador portátil. ¿Había ido corriendo con eso en la mochila?

—Tal vez esto sea una mala idea —dijo ella evitando todavía el contacto visual—. Debería marcharme ya.

Gigi estaba bajando la tapa del ordenador. Khaled fue rápido y se sentó en el sofá a su lado.

–Enséñame lo que tienes.

Lo que tenía era un montón de imágenes, y reportajes que iban saliendo en cascada uno detrás de otro.

–Este es nuestro espectáculo actual. Llevamos tres años haciéndolo.

La pantalla se había llenado de color, movimiento y música de baile de los ochenta. Khaled se fijó en la imagen de Gigi bajando por la escalera con una fila de otras coristas.

Parecía un engalanado pavo real y arrastraba una brillante cola. Tenía los brazos extendidos con gesto elegante y una elaborada pieza de cuentas relucientes le cubría desde el cuello hasta el pecho. Las chicas que no llevaban sujetadores de cuentas iban en *topless*.

El calor del cuerpo real de Gigi a su lado y el recuerdo de los senos auténticos que había tenido entre las manos se burlaban de la decisión de mantenerse alejado de ella. Un acto sucedía al otro. Lo principal eran los cuadros vivos en los que las chicas llevaban la menor cantidad posible de ropa. En medio había una cantante, un cuarteto a capela y algunos trucos de magia. Sin duda se trataba de algo diferente.

Khaled se cruzó de brazos, desactivó la parte masculina de su cerebro que le mantenía pendiente de sus senos y se permitió apreciar el auténtico encanto de lo que estaba viendo.

Finalmente, Gigi detuvo las imágenes y le miró expectante.

Hasta entonces, Khaled estaba convencido de que se trataba únicamente de un local de striptease con pretensiones. Gigi le había dicho la verdad, y ahora entendía un poco mejor por qué París se había vuelto un poco loco con la idea de que él pusiera las manos en su precioso L'Oiseau Bleu.

Gigi era buena. No esperaba que lo fuera tanto.

−¿Qué te parece?

Lo que le parecía era que estaba duro y excitado, y no tenía nada que ver con lo que acababa de mostrarle en la pantalla, sino con la dulce sensualidad de la chica que estaba acurrucada a su lado.

Miró su expresión complacida y empezó a preguntarse qué estaría pasando por aquella cabecita excéntrica.

Gigi se felicitó a sí misma por haberse conducido de un modo tan profesional. Había dejado las manos quietas y estaba a punto de terminar la presentación. No había cometido ningún error. Dejando a un lado el incidente con el guardaespaldas en el vestíbulo. El incidente con la gente en los Campos Elíseos. El incidente con los paparazzi. El incidente con los zapatos en el vestíbulo. Cerró los ojos un instante. El incidente en el mueble del baño, que terminó con ella tumbada en el colchón del dormitorio. Pero cuanto menos pensara en ello, mejor.

No, dejando todas aquellas cosas a un lado, había manejado la situación bastante bien. Había conseguido atravesarlo todo y ahora tenía a Khaled donde quería unas horas antes, antes de que todo aquello empezara. En el sofá, atento a su presentación. Había llegado el momento de hacerle algunas preguntas. Pero primero tenía que hacer el esfuerzo de mirarle a los ojos... después de todo, no estaba avergonzada de su arranque sexual, algo perfectamente sano. Y supuso que tendría que haber recordado antes que él que aquella era una relación profesional y haberse detenido.

Pero, cuando alzó la mirada hacia aquellos ojos oscuros ribeteados de sedosas pestañas, volvió a sentirse fuera de su elemento, y supo para su vergüenza que, si no había pasado nada, fue gracias a él.

−Dime, ¿qué te parece? −volvió a preguntarle con voz estrangulada.

−Impresionante.

«¿Impresionante? ¿De veras?».

Gigi se aclaró la garganta.

—Me preguntaba si ya habías pensado qué dirección tienes planeada darle —se atrevió a decir—. Nos gustaría seguir siendo familiares. Somos sexys, pero puedes traer a tu madre —se explicó—. Es una preocupación, teniendo en cuenta tus... otras propiedades.

—Soy dueño de salas de juego, algunas discotecas, hoteles...

Gigi alzó la mirada.

—Ningún local de alterne —aseguró Khaled con una media sonrisa.

Ella se humedeció los labios.

—Es que cuando las chicas empezaron a quitarse los cubrepezones y a dar vueltas sin gracia en una barra redonda, el *burlesque* murió.

Él frunció el ceño y Gigi suspiró como si se estuviera mostrando deliberadamente obtuso.

—¿Significa eso que no salís en topless?

—Los senos desnudos son una parte tradicional del cabaret francés —dijo Gigi sin asomo de sonrojo—. Pero un cabaret no es un club de alterne. El énfasis del cabaret francés es la diversión, el buen humor y el glamour. No hay sordidez.

—La rama de entretenimiento de Kitaev Group se basa principalmente en el juego y en locales de música —Khaled vio cómo se mordía el labio inferior y sintió un nudo en la garganta—. No hay barras para bailar. Pero, dime, ¿qué harías para que L'Oiseau Bleu fuera competitivo? —quiso saber.

—No soy una mujer de negocios —murmuró ella—. Soy bailarina.

—¿Por qué has venido a mí, Gigi?

Era una buena pregunta, la misma que se había hecho muchas veces ella.

–Supongo que es porque las otras chicas necesitaban una portavoz y me erigí a mí misma en ese papel –le miró a los ojos–. Y, a diferencia de ellas, yo sé cómo fue L'Oiseau Bleu en el pasado y tengo la idea de cómo podría volver a ser. Con la persona adecuada al mando.

Ahí estaba. La sinceridad. Khaled no podía negar que parecía creer lo que decía. Iba contra sus principios mentirle, pero tras la actuación de Gigi en los Campos Elíseos no podía arriesgarse a facilitarle la información de que iba a vender el cabaret y que todo París estuviera al tanto de la noticia al caer la noche.

–Las otras chicas son leales al teatro –dijo ella rápidamente como para evitar que pensara que estaba sola en aquella cruzada–. Pero no creo que entiendan lo cuesta abajo que va el cabaret desde hace unas cuantas décadas y... –se interrumpió–. Lo siento, me dejo llevar. Al último dueño no lo vimos nunca.

–¿Ahmed el Hammoud?

–Nunca le conocimos. ¿Tú sí?

–Solo sé que es malísimo a las cartas –la incompetencia del jeque del petróleo jugando al póquer le había llevado a tener un cabaret de poca monta en París olvidado del tiempo.

–¿De verdad fue así como nos conseguiste?

Khaled la miró y estuvo a punto de caer en aquella expresión tímida que se le daba tan bien poner.

Se aclaró la garganta.

–Tengo una partida de póquer con un grupo de amigos que conozco desde mis días en el ejército.

–¿Allí fue donde te hiciste esas terribles cicatrices?

–*Da*... algunas.

No había sido un movimiento inteligente mostrarle aquellas cicatrices. Había llevado a que Gigi pusiera las manos en su cuerpo y él en el suyo.

Khaled se dejó caer en el sofá a su lado y se masajeó

la nuca, preguntándose qué diablos estaba haciendo, consciente de que tenía que dar aquello por terminado.

–¿Cuánto tiempo estuviste de servicio? –quiso saber Gigi.

–Dos años. Servicio activo en Chechenia y Afganistán –se limitó a decir. Una visión de calor, polvo, sudor y un rifle aparecieron en su mente. Dios, cómo lo había odiado.

–¿Fue una elección tuya?

Khaled se encogió de hombros, algo sorprendido por la pregunta. Pocas personas solían preguntarle.

–Es difícil evitar el reclutamiento. Pero sí, en muchos sentidos sí. Mi padre era soldado profesional.

Gigi se inclinó hacia delante y colocó una pierna debajo de la otra. Estaba claramente interesada.

–¿Querías seguir sus pasos en el ejército?

–Tú hablas mucho, ¿no?

–Solo tengo curiosidad.

Podría decirle la verdad, que el servicio militar había transformado su vida de un modo inesperado. Había descubierto que su padre era un héroe, que descendía de una larga línea de soldados profesionales. Pero optó por decir algo genérico.

–Es algo que todos debemos hacer.

El mundo de plumas, escenario y maquillaje de Gigi estaba tan alejado de lo que Khaled había visto que podría pertenecer a otro planeta. Y, sin embargo, no pudo evitar recordar las marcas que le había visto en los pies y el modo en que se había encogido como un caracol en el baño para ocultarlas.

Frunció el ceño. La feroz reacción protectora que tuvo era lo que seguía inquietándole, sobre todo cuando descubrió que parte de aquella violencia había sido obra de su padre.

–El servicio militar es aburrimiento puntuado de

adrenalina –confesó–. Y mucho póquer. Me volví muy
bueno –sonrió mirándola–. Cuando era niño jugaba a
las cartas a cambio de cartuchos de bala vacíos.

Diablos, ¿por qué le había contado aquello?

–Balas, ¿eh? Supongo que de donde tú vienes está
muy alejado de los camerinos y los carromatos en los
que yo me crié –Gigi alzó la vista para mirarle–. Seguro que prefieres las balas a un cabaret.

–No sé –musitó Khaled incapaz de resistir el canto
de sirena de sus ojos tímidos clavados en los suyos–.
No te habría conocido.

Los labios de Gigi temblaron en una media sonrisa
y luego volvió a apretarlos y apartó la mirada. Khaled
conocía la sensación. Se rascó la mandíbula, consciente
de que debería poner fin a aquello. Entonces se topó
con la barba que llevaba semanas ignorando. Normalmente se afeitaba tras un par de meses haciendo *trek-
king*. Desviarse a París directamente desde las llanuras
árticas significaba llegar sin aquel cambio simbólico
entre los dos mundos. Tal vez por eso estaba ahora ten-
tando al destino. El lado salvaje del ambiente anterior
le corría todavía por las venas...

Se aclaró la garganta.

–Gigi, en el dormitorio...

–No quiero hablar de eso –le atajó ella rápidamente
con expresión preocupada. Se puso de pie–. Ha sido
una tontería, será mejor que lo olvidemos.

¿Una tontería? Khaled no estaba de acuerdo. Su instinto de cazador volvió a presentarse.

Gigi recogió sus cosas con torpeza.

–Debería irme ya.

–Te llevo a casa –dijo él sin pensarlo.

–No, da lo mismo –Gigi estaba ocupada guardando
el ordenador portátil.

–Te llevo a casa.

No debería gustarle que le dijeran lo que tenía que hacer, pero sentía el corazón bombeándole en las orejas y se notaba húmeda entre las piernas. Resultaba vergonzoso. No podía entender el efecto que tenía aquel hombre sobre ella. Precisamente aquel hombre.

Estaba claro que lo tenía todo. Era guapo, poderoso, y su profunda voz masculina con aquel acento parecía diseñada para derretir las hormonas de una mujer. Pero, si tenía que señalar una causa concreta, diría que eran sus ojos y el modo en que la miraba. Como si quisiera hacer con ella todas las cosas por las que otra mujer le abofetearía. Y sí, eso la hacía sentirse bella y femenina.

Gigi tragó saliva y bajó la cabeza.

—No hace falta que me lleves a casa –repitió colgándose la mochila al hombro–. Puedo irme en taxi –alzó la mirada.

Khaled esbozó una media sonrisa.

—Eso lo dices porque no has visto mi coche.

Capítulo 9

GIRA aquí a la izquierda, está al final de la calle. Khaled no sabía qué esperaba encontrar. Algo pequeño y práctico. La zona de Montmartre había dejado mucho tiempo atrás su momento bohemio de alojamientos baratos. Y había visto lo que cobraban las coristas. No era una profesión lucrativa.

No esperaba aquella pequeña calle sin salida, los altos muros de piedra gris ni la *petite mansion* de cuatro plantas que asomaba por encima. Aparcó el Lamborghini amarillo y miró a Gigi.

–¿Es aquí?

–Sí –Gigi se quitó a toda prisa el cinturón de seguridad e intentó abrir la puerta.

Khaled se bajó, rodeó el coche y se acercó al otro lado. Le abrió la puerta y la miró salir.

–Gracias –ella se colocó la mochila a la espalda–. ¿Vas a subir?

–¿Tienes por costumbre invitar a tu apartamento a hombres que apenas conoces?

Gigi le miró sorprendida, como si no se le hubiera ocurrido antes. Luego rebuscó en la chaqueta y sacó un tubo pequeño, blandiéndolo como si fuera un pistolero.

–Voy armada.

–¿Qué es esto? –Khaled le quitó de las manos aquel sencillo artefacto para examinarlo.

–Una alarma de alta frecuencia. Todas las chicas del cabaret tienen una, yo me encargué de comprarlas. Trabajamos de noche, así que la seguridad es muy importante.

–Solo llevas una pequeña alarma –le respondió Khaled–. ¿Crees que eso te protege?

–Es lo único que tengo –se limitó a contestar ella.

Khaled se dijo que debía ocuparse de la seguridad en L'Oiseau Bleu. El cabaret con el que no se quedaría. Cuando llegaron a la entrada, Gigi pulsó un código en un panel y empujó.

El patio era pequeño y estaba inmaculado. Ella abrió la puerta principal de la casa.

–Estamos en el piso de arriba –dijo cruzando el bien iluminado recibidor para subir las escaleras por delante de él.

«¿Estamos?» ¿Cómo podía permitirse aquello con su sueldo? Pero se distrajo al instante mirando el redondeado y pequeño trasero de Gigi, ahora a la altura de sus ojos. La siguió hasta una habitación diáfana y luminosa con bonitas vistas a los tejados. La madera del suelo brillaba. Era una habitación tipo loft con una escalera de caracol de metal. Gigi se quitó la chaqueta y la dejó en una silla.

A Khaled se le secó la boca. No había podido ver mucho cuando la tenía debajo en la cama, pero ahora podía observar el efecto completo de la camiseta ajustada sobre la curva superior de sus senos. Había tenido aquellos senos en las manos, había sentido sus pezones ponerse erectos bajo sus pulgares.

La sangre le bajó tan deprisa del cerebro a la entrepierna que agradeció llevar la chaqueta puesta.

–¿Quieres una taza de té?

–¿Té...? Gracias –Khaled nunca bebía té.

Sabía que debería estar bajando las escaleras para marcharse de allí. Aquella tarde tenía una reunión. Pero en cambio se vio dando vueltas por la habitación mientras ella se ponía frente a la cocina. Tenía muebles sencillos y cojines femeninos. Ni rastro de un hombre. Khaled se acercó un poco más para mirar una foto enmarcada en la pared. Por un instante creyó que era Gigi. Los mismos pómulos angulosos, la barbilla puntiaguda. Pero tenía los ojos más oscuros y la nariz más pequeña. Era un rostro atractivo convencionalmente hablando, pero le faltaba la energía que animaba las bellas facciones de Gigi.

–¿Es tu madre? –preguntó.

Gigi dejó las tazas que acababa de sacar y se acercó para mirar la foto con expresión extrañamente protectora.

–Sí. Se llamaba Emily Fitzgerald. Bailó en L'Oiseau Bleu durante cinco años, igual que yo. Aunque era mucho mejor. Tenía una presencia en el escenario que resultaba muy auténtica.

–Por lo que entiendo, tu madre dejó los escenarios para formar una familia, ¿no?

Gigi apretó los labios.

–Se podría decir que sí. Se quedó embarazada de mi padre. No era el hombre más confiable del mundo –añadió.

Khaled recordó las marcas de los pies de Gigi y no pudo por menos que darle la razón internamente.

–Decidió ir a casa de sus padres, y yo nací en Dublín –continuó ella–. No conocí a mi padre hasta los ocho o nueve años –estiró la mano para enderezar la foto, aunque no era necesario–. Esta foto fue tomada cuando estaba embarazada de mí. Siguió bailando hasta que se le empezó a notar.

–¿Las coristas vuelven al trabajo después de un embarazo? –no le interesaba realmente, pero quería conocer su historia. Porque estaba claro que allí en aquella pared estaba la razón por la que Gigi tenía tanto interés en proteger el cabaret.

–Si tu cuerpo vuelve a la normalidad. Un par de bailarinas tienen hijos. Los Danton no se ocupan tampoco del tema del cuidado de los niños –Gigi se cruzó de brazos–. Tal vez también quieras echarle un vistazo a eso.

Lo cierto era que Khaled había olvidado que aquella era la causa de la disputa entre ellos. Había estado disfrutando viendo cómo las emociones surcaban el rostro de Gigi. Era muy apasionada.

Volvió a mirar la foto. Emily Fitzgerald parecía tan serena como un atardecer.

–Debe de estar orgullosa de ti.

–Murió –Gigi apretó el músculo de las mandíbulas–. Fue al hospital para someterse a una operación ambulatoria de un problema de nódulos en la laringe y no salió de la anestesia. Fue el corazón, lo tenía débil y nadie lo sabía, y no resistió. Eso ocurrió hace dieciséis años, pero todavía me cuesta.

Por entonces Gigi era solo una niña. Khaled estiró la espalda y dijo con voz grave:

–Lo siento, Gigi.

Tuvo la sensación poco familiar de que no conocía el terreno que estaba pisando. Pero eso era lo que aquella chica provocaba en él. Sus padres habían desaparecido cuando él tenía trece años y para él supuso una gran libertad.

–¿Qué fue de ti? –Khaled frunció el ceño.

–Mi padre apareció para buscarme –Gigi puso los brazos en jarras, como para contrarrestar lo que no había llegado a decir en la frase–. Entonces fue cuando empecé a viajar por los caminos con el Valente International Circus.

–Una vida itinerante para una niña... ¿te gustaba?

Gigi se encogió de hombros.

–Era diferente. Me dediqué a aprender todo lo que

pude, quería complacer a mi padre a toda costa, y aprendí una buena lección sobre la disciplina y la importancia de practicar.

Khaled volvió a visualizar las marcas de sus pies y aquellas palabras cobraron un significado más oscuro. No le resultó difícil imaginarse a Gigi de pequeña, delgada, con sus pecas y perdida. No eran tan distintos. Él sabía lo que era tratar de complacer a la única persona que te quedaba. En el caso de Gigi aquello supuso subirse a unas cuerdas y tener cicatrices en los pies hasta ese día. La pobre. Necesitaba a su madre y lo que consiguió fue a aquel malnacido que permitió que eso le ocurriera a sus pies de niña.

Khaled fue consciente de que en ese momento la tensión que sentía podía cortarse con un cuchillo.

–Entonces mi padre se arruinó y entramos en el circuito del vodevil –continuó Gigi–. Yo bailaba y cantaba y mi padre era el maestro de ceremonias. Pero no era como esto –señaló hacia la ventana para dar a entender que se refería al cabaret parisino–. En cuanto pude crucé el Canal siguiendo los pasos de mi madre.

Gigi le sonrió, y aquella falta de autocompasión unida a su natural optimismo fue lo que le caló más hondo. Estaba seguro de poder hacer algo por ella antes de dejar París.

–¿Quieres el té? –le preguntó ella.

–No, no quiero té –Khaled se le puso enfrente–. Quiero besarte.

Gigi pareció sorprendida en un principio y complacida después, y aquello acrecentó el deseo de Khaled de llevarla al sofá y perderse en su dulce y suave calor. La tomó entre sus brazos y se prometió a sí mismo que solo le daría un delicado beso. Pero cuando Gigi abrió los labios bajo los suyos todo volvió a cambiar, y su beso se convirtió en un gesto ferozmente posesivo que solo se intensificó cuando la lengua de Gigi se deslizó tentativamente por la suya. La sangre le rugió y empezó a perder el control a pasos agigantados.

La puerta que tenía detrás se cerró entonces de un portazo.

Gigi se giró entre sus brazos y levantó la cabeza. Dejó escapar un sonido de pesar, le apartó de un empujón y empezó a atusarse el pelo y a recolocarse la camiseta con expresión culpable. La morena del día anterior estaba en la puerta con un ramillete de girasoles y una bolsa de la compra. Dejó caer todo al suelo con fuerza intencionada.

–Siento interrumpir –dijo con tono duro.

–No... –murmuró Gigi con voz entrecortada.

El móvil de Khaled sonó dentro de su chaqueta por enésima vez desde que se subió al coche aquella tarde. Pensó en contestar la llamada. Hacía muchos años que no se relacionaba con una mujer que tuviera compañera de piso.

Khaled sacó el móvil y les dio la espalda a las mujeres para dejarlas a solas un minuto.

–¿Qué hace él aquí? –preguntó Lulu pasando por encima de la bolsa de la compra.

Gigi optó por encogerse despreocupadamente de hombros. No tenía ni idea de cómo iba a explicar la presencia de todos aquellos músculos rusos en el apartamento que compartían, y mucho menos estar abrazada a ellos. Lulu parecía muy enfadada. Se dirigió directamente a su cuarto y Gigi fue tras ella.

–¿Así que has sustituido a Solange? –inquirió Lulu cuando Gigi cerró la puerta.

–¡No! –Gigi frunció el ceño–. Eso no es así. Nunca estuvo interesado en Solange.

Lulu resopló.

–Todos los hombres están interesados en Solange.

A Gigi le dio un vuelco el estómago. Era cierto.

—Me dijo que se trataba de una estrategia publicitaria, que le venía bien hacerse una foto con una corista.

La cara de su mejor amiga le dio a entender lo que pensaba sobre eso.

—Entonces, ¿qué estás haciendo con él aquí, Gigi?

Le contó a Lulu cómo había sido derribada por su equipo de seguridad, la carrera por las calles, la intervención de los desconocidos y los paparazzi. Cuando terminó, Lulu tenía la boca entreabierta. La cerró de golpe cuando Gigi llegó a la parte de la habitación del hotel. Tras todo lo que había dicho sobre Khaled durante los últimos días, no podía culpar a Lulu de mostrarse tan recelosa.

—«Nadie debería salir con Kitaev». Esas fueron tus palabras —le recordó su amiga.

—Lo sé, lo sé...

La expresión de Lulu se suavizó un poco.

—Piénsalo un instante, Gigi. ¿Vas a contarles algo de esto a las otras chicas?

—Las otras chicas no tienen por qué saber nada —dijo sin pensar.

—¿Quieres hacer esto a espaldas de todo el mundo, Gigi? ¿De verdad?

—No, por supuesto que no.

Lulu conocía su pasado. Sabía cuánto odiaba el engaño. Su padre la había metido en el circuito del vodevil a los catorce años, una fachada para poder seguir cometiendo sus delitos mientras viajaban de ciudad en ciudad. Y cuatro años más tarde, cuando se enfrentó a él a la salida del juzgado aquel día lluvioso en el que fue condenado, Gigi recibió una palmada en la muñeca y su padre le dijo que pensó que no importaba siempre y cuando ella no lo supiera...

La ignorancia no eximía de culpabilidad ante la

ley... Gigi también sabía ahora eso. Cuando salió del juzgado aquella mañana se juró que miraría a la vida directamente a los ojos.

Y ahora también miró a Lulu a los ojos.

—No volverá a ocurrir.

No podía estar promocionando el teatro y al mismo tiempo comprometer su posición. El mundo podía ser un lugar frío y duro, pero no hacía falta engañar ni robar para sobrevivir en él. Gigi había luchado por buscar su propio rincón, colorido y sincero, y no iba a estropearlo todo ahora.

Khaled seguía hablando por teléfono cuando ella reapareció. Lulu la siguió con los brazos cruzados. Él indicó la puerta con un gesto de la cabeza y salió, esperando claramente que ella le siguiera.

—No hagas planes con él —le susurró Lulu.

No, ningún plan. Una vez en las escaleras, Khaled se guardó el teléfono y dijo bajando las escaleras sin mirarla:

—Tenemos un problema. Hay fotografías nuestras en el vestíbulo del hotel Plaza.

—Vale.

¿Qué esperaba que dijera? Lo sentía, pero ella le había dicho que se marchaba. Fue Khaled quien se empeñó en curarle los pies.

—No, no vale, Gigi —Khaled se detuvo al pie de las escaleras y se giró. Tenía una expresión tensa—. Dan a entender que tenemos una relación sexual.

Gigi se apoyó con fuerza en los talones. De acuerdo. Podría lidiar con aquello. Las otras chicas la iban a matar, pero no era el fin del mundo, ¿verdad?

—Sugiero que no salgas a escena las próximas noches —afirmó Khaled con expresión furiosa—. Tienes que mantener un perfil bajo... aunque después de lo que ha pasado hoy, seguramente sea pedir lo imposible.

–¿Qué se supone que quiere decir eso?

Khaled se apoyó contra el pasamanos.

–*Dushka*, vas de cabeza a los titulares.

–¿Perdona? En los Campos Elíseos estábamos los dos, y fuiste tú quien atrajo toda la atención. Yo solo salí en tu defensa.

Khaled la miró con aquellos ojos oscuros inescrutables.

–Sí, y si hubieras guardado silencio solo serías una joven bonita sin identificar que saldría conmigo en algunas fotos. Pero trabajas en L'Oiseau Bleu, se lo anunciaste al mundo entero –Khaled miró por encima del hombro de Gigi, a la parte de arriba de las escaleras, y cuando ella se giró vio a Lulu en el rellano con los brazos cruzados.

¡De verdad! Gigi bajó de un salto los dos últimos escalones y se dirigió segura hacia la puerta. Lulu no podría espiarles si estaban fuera. Khaled puso el brazo delante de la puerta a modo de barrera.

–No creo que sea muy inteligente que nos vean juntos en este momento –afirmó con rotundidad–. Podría haber periodistas en la calle. No salgas.

Gigi se cruzó de brazos y apartó la mirada.

–Muy bien.

Khaled movió la boca como si estuviera conteniendo una sonrisa. Luego le agarró los extremos del sedoso cabello y le dio un tironcito que le resultó más íntimo todavía que el beso de antes.

–No vuelvas a tender una emboscada a ningún hombre en vestíbulo de un hotel, *dushka*.

Ella se mordió el labio inferior y le miró, luchando contra el deseo de acercarse un poco más. Khaled le soltó el pelo, como si de pronto fuera consciente de lo que estaba haciendo, y se aclaró la garganta.

–La próxima vez que tengas una propuesta descuelga el teléfono y concierta una cita.

Gigi asintió, aunque tenía muy claro que si hubiera hecho eso nunca habría podido acercarse a él.

El hombre que se estaba solidificando en granito delante de sus ojos. Aquel era el hombre que había conocido el día anterior, un monolito inaccesible. Un hombre ocupado con sitios a los que acudir y gente que le obedecía a ciegas. A Gigi le resultó desconcertante pensar que le había besado arriba hacía un instante. Sirvió de ayuda a su repentinamente frágil ego recordar que no había nada de inaccesible en el modo en que Khaled actuó entonces. No eran solo imaginaciones suyas. Le había agarrado el trasero con fuerza para atraerla hacia su erección. Eso no se podía fingir.

–Entonces, ¿te acordarás de todo lo que te he enseñado?

Sus palabras desviaron la atención de Khaled hacia sus senos. Cuando se dio cuenta de lo que estaba haciendo apartó la mirada de los pezones que se le marcaban en la camiseta y apretó los dientes.

Tenía que parar con aquel arranque sexual. Lo vencería. Gigi lo miraba como si esperara algo de él. Pero no era nada sexual. Seguía manteniendo la esperanza por aquel maldito cabaret.

Observó su expresión ansiosa y estuvo a punto de decirle la verdad. Iba a venderlo. Se había acercado al hombre equivocado. Pero, en cuanto lo hiciera, todo París se enteraría y la cola de posibles compradores se evaporaría.

Sin embargo, quería hacer algo por Gigi antes de salir de su vida.

–¿Has pensado en subir de nivel? París está lleno de teatros. ¿El Lido sigue yendo bien?

–¿Por qué hablas del Lido? Nunca podría entrar allí.

–Yo podría mover algunos hilos...

Ella apretó sus sensuales labios. Khaled estaba empezando a reconocer aquel gesto.

—Esa no es la razón por la que he ido a verte hoy. No necesito limosna. Fui por el cabaret.

—No es una limosna, Gigi. Es decir una palabra al oído de alguien. Ocurre todo el tiempo. ¿Cómo conseguiste el trabajo en L'Oiseau Bleu?

—Me presenté a las pruebas.

—¿Mencionaste a tu madre?

—Sí.

—Eso es nepotismo.

Gigi puso los brazos en jarras.

—Has de saber que soy la mejor corista que tienen. Me he ganado el puesto por mi talento.

—Entonces, no deberías tener problema para entrar en el Lido.

Ella dejó escapar un sonido de exasperación. Estaban dando vueltas en círculos, hablando de cosas distintas. El corazón de Gigi estaba en L'Oiseau Bleu. Pero su lealtad no estaba donde debería y Khaled podía verlo. Sospechaba que Gigi estaba cegada por la foto que tenía en su casa. Estaba intentando reclamar algo que nunca había existido en lugar de mirar los hechos.

Khaled siempre miraba de frente a la realidad de las cosas. El chico sin padre que no era querido se convirtió en un hombre duro que entendía que las relaciones humanas siempre te fallaban. En lo que uno podía apoyarse era en el dinero del banco y en las cosas construidas con tus propias manos.

Le resultaba difícil fijarse en la dura realidad de las cosas con Gigi delante, vibrando de pasión y decisión para salirse con la suya. Pero lo que deseaba era imposible. Aunque Khaled recargara las baterías del cabaret con dinero, seguiría habiendo otras muchas variables que considerar.

Cuando era más joven pensaba que el dinero y el éxito harían la vida más fácil. Por supuesto, cosas pequeñas como saber que tendría siempre la ropa planchada y un coche esperándole suavizaban el giro de las ruedas. Pero las pruebas más duras de la vida seguían allí. Y en ocasiones alcanzaban proporciones absurdas, como aquel fin de semana en París.

Le estaban atacando por tener dinero, éxito y ser extranjero. No se podía cambiar lo que los demás habían decidido pensar de uno. Khaled lo sabía muy bien.

Dirigió la mirada hacia la piel blanca salpicada de pecas de Gigi, la curva de su labio inferior. Se fijó en el suave sonrojo de sus mejillas. Se aclaró la garganta y dijo:

—No salgas a escena esta noche... hazlo por mí.

Gigi murmuró algo sobre un descuento en el sueldo y sobre que París era una ciudad cara.

Khaled sintió deseos de agarrarla de los hombros y zarandearla.

Y todavía más de pasarle una mano bajo la camiseta por la sinuosa cintura y sentir cómo aumentaba la temperatura de su cuerpo, sentir las puntas de sus senos apretadas contra él y hundirse en su boca hasta que emitiera aquellos sonidos que seguramente se multiplicarían por diez cuando estuviera dentro de ella.

Pero lo que dijo fue:

—Hablaré a tu favor. Cuando consigas una audición, haz la prueba.

Capítulo 10

TAL VEZ Khaled tuviera razón al recomendar que no subiera al escenario, pero por una razón completamente distinta, pensó Gigi cuando aquella noche se vio ante veintidós bailarinas hostiles en la estrechez del camerino común.

–Nos has vendido, zorra –dijo Leah.

Acababan de salir del escenario, y Gigi se vio rodeada de un montón de chicas furiosas. Había cierto histerismo en el ambiente.

–¿Y todo ese rollo de que era nuestro enemigo? –inquirió Trixie.

–Lo querías para ti sola –añadió Solange entornando sus ojos verdes. Se escuchó un murmullo de aprobación.

–Estás metida en un lío, Gigi –dijo Susie mirándola fijamente–. Todas sabemos que los titulares de mañana no van a hablar del espectáculo. Solo habrá artículos contando cómo las chicas de L'Oiseau Bleu se entregan a los millonarios.

–¿Qué te ha prometido? –quiso saber Inez.

Gigi recordó lo del Lido y se sonrojó.

–¡No me puedo creer que nos hayas vendido después de todo lo que dijiste! –exclamó Trixie con reproche.

–¡No os he vendido! Intenté ponerle de nuestra parte.

–Yo tengo una audición para el Moulin Rouge la semana que viene –dijo Susie de pronto cruzándose de brazos–. Gigi tiene razón en una cosa: este barco se hunde a toda prisa. Y seguramente ahora todavía más, con toda la prensa francesa centrada en esta pantomima que estamos montando.

–¿De qué estás hablando? –preguntó Trixie–. Esta noche tenemos el teatro lleno.

–Eso será solo esta noche –bufó Susie–. Kitaev no se va a quedar con nosotras. Le va a pasar este sitio al Consejo de París y entrará a formar parte del patrimonio cultural. Ya sabéis lo que eso significa: nos echarán a todas.

Gigi frunció el ceño.

–¿Quién te ha dicho eso?

–¿Qué otra cosa va a hacer? Ya no podrá vender el cabaret. Somos el hazmerreír de la ciudad.

Las otras chicas empezaron a murmurar consternadas y a mirar a Susie. Pero Gigi sabía que ella no se había librado todavía. Percibiendo la hostilidad, Susie se volvió hacia ella y la miró con desprecio.

–Tú nos has convertido en una broma, Gigi. ¿Por qué no le preguntas a tu nuevo novio qué tiene pensado hacer? ¿O estás demasiado ocupada bajándote las bragas para él en el Plaza Athénée?

Todas las cabezas volvieron a girarse hacia Gigi. Harta de la situación, recogió sus cosas y se abrió camino a codazos para salir del camerino. Al menos lo había intentado.

Se parapetó en el otro camerino y sacó el móvil. Hasta entonces lo había tenido apagado por miedo. Y con razón, como supo en ese momento. Las chicas tenían razón. Estaba por todo Internet. Fotos de Khaled y ella en la calle, el testimonio de un testigo presencial en el vestíbulo del hotel. Incluso una foto de Khaled entrando en el coche en la calle de Gigi.

¡Kitaev y su emplumada amiga!, decía uno de los titulares.

Gigi soltó una palabrota y guardó el móvil en el bolso. Estupendo. Ahora era oficialmente la corista que se había vendido, y no solo a ojos de sus compañeras, sino de todo París.

Era en lo único que podía pensar mientras esperaba entre bambalinas la siguiente señal. Porque en ese mismo momento tenía que salir al escenario y hacer un número delante de gente que la consideraba una especie de Mata Hari.

Estaba en una especie de shock. Estaba llena de buenas intenciones, y sin embargo en el espacio de un solo día había perdido el respeto de todo el mundo, seguramente el trabajo y posiblemente trabajos futuros. Y nadie sabía qué iba a ser del cabaret.

No era culpa de Khaled. Gigi sabía que ella sola se había metido en eso. Pero mientras se esforzaba para no venirse abajo justo antes de salir a escena, no pudo evitar pensar que la salida de Khaled aquella tarde significaba que se había quedado completamente colgada.

—Pregunto por Gigi Valente —le dijo Khaled al primer acomodador que encontró.

El chico se lo quedó mirando con los ojos muy abiertos.

—A-acaba de salir a escena, señor Kitaev —tartamudeó.

Su chófer no había conseguido llegar con el coche porque se había formado un bloqueo aquella noche en la entrada. Había un piquete de protesta en la acera y la presencia de la prensa estaba provocando problemas de tráfico. También vio que el cartel que anunciaba el espectáculo había quedado estropeado por un graffiti.

La policía estaba interviniendo cuando él llegó. Y Gigi había decidido salir a escena.

–¿En qué diablos están pensando esos dos hermanos? –gruñó. El acomodador dio un salto, pero Khaled ya estaba avanzando hacia el público.

Aquella tarde había buscado el nombre de Gigi en Internet. Resultaba que el padre de Gisele Valente era un charlatán, algo que no le sorprendió después de lo que le había contado sobre él. Pero lo que olvidó mencionar fue su papel como cantante y bailarina en los números de revista mientras los Valente viajaban por todas las provincias inglesas desplumando a los espectadores. Khaled sabía que no lo había tenido fácil, pero Gigi se encargó de no mencionar que fue cómplice de su padre.

Fue una estafa en toda regla, y Khaled no pudo evitar preguntarse qué estaría tramando ahora.

Aunque cuando se fijó una vez más en el desvaído glamour del teatro tuvo que reconocer que Gigi había conseguido algo aquella tarde. El cabaret le parecía distinto después de su presentación. Tal vez no le hubiera vendido el sitio, pero su propuesta había llegado mucho más lejos que toda la manufacturada ira de París y las torpes excusas de los hermanos Danton para que se pusiera de su lado.

Y, por cierto, alertados de su presencia, los hermanos Danton le andaban persiguiendo. L'Oiseau Bleu estaba lleno por primera vez desde hacía meses, según un emocionado Jacques Danton.

–Señor Kitaev, sabemos que hay miembros de la prensa entre el público, pero si tienen entrada no podemos hacer nada –Martin Danton se estaba frotando las manos mientras Khaled se abría camino a lo largo del perímetro del auditorio. En el escenario había un número en pleno apogeo en el que salía un acuario como el que vio el día anterior pero con diferente uso. Aquella noche estaba lleno de agua burbujeante, como si fuera un caldero, y dentro había dos monstruosas serpientes pitones. También había una chica, pero no le había prestado mucha atención porque quería encontrar a Gigi lo antes posible. ¿Dónde diablos se había metido? Consultó el reloj. No tenía tiempo para eso.

Se distrajo un poco cuando vio que aquellos monstruos de tres metros se enredaban alrededor de la chica que nadaba y tiraban de ella a la base del tanque.

–¿Eso está controlado? –gruñó.

–Hay un cuidador listo para intervenir si hubiera algún problema, señor Kitaev –se apresuró a asegurarle Jacques Danton–. Pero no hay de qué preocuparse. Gigi es una chica más fuerte de lo que parece.

«¿Gigi?»

Khaled apartó al otro hombre de su camino y se dirigió al escenario. Estaba a punto de franquear la línea de seguridad cuando la nadadora emergió libre y atravesó el agua, rompiendo la superficie antes de salir con elegancia del acuario chorreando agua y sin asomo de miedo en la expresión.

Era Gigi, y estaba pintada de oro del cuello a los dedos de los pies. Las luces jugaban sobre su cuerpo y la música resultaba tan seductora como la de un encantador de serpientes.

Y además estaba desnuda.

El público contuvo el aliento cuando adoptó una pose y las luces se deslizaron por su cuerpo pintado de oro en un erótico tributo. Entonces, de entre las sombras de la audiencia, se oyó un grito:

–¡Es la puta de Kitaev!

Khaled se quedó helado y luego sintió que algo caliente y virulento se apoderaba de él. En lugar de salir de escena, Gigi se había bajado de su posición y empezó a buscar en la oscuridad el origen del insulto. En un instante pasó de ser una diosa sensual que tenía al público encandilado a ser la misma chica torpe que le había perseguido por los Campos Elíseos y luego se había enfrentado a sus detractores como la Libertad defendiendo al pueblo.

Khaled se dio cuenta de que le gustaba aquella chica. Le movilizaba. Saltó al escenario, pasó por delante de los focos de pie y se acercó a ella a grandes pasos. La expresión de Gigi era de total asombro cuando lo vio llegar. Tal fue su shock que no emitió ni un sonido de protesta cuando Khaled la cargó al hombro. Solo empezó a agitar las piernas cuando bajaron del escenario, diciéndole a gritos que se había vuelto loco y que había arruinado la actuación.

Gigi fue consciente de que se dirigían hacia la salida a través de un mar de asombradas coristas, tramoyistas y el equipo de seguridad de Khaled, que no hizo nada para detenerle.

–¡Bájame! –le gritó Gigi–. ¡No quiero ir contigo!

–Mala suerte. No vas a volver a meterte en ese acuario. Esta noche París quiere ahogarte, ¿y esos dos hermanos idiotas deciden que es una buena idea meterte en un tanque lleno de agua frente a todos?

–Nadie quiere ahogarme excepto las otras chicas, y ahora has empeorado las cosas. ¡No puedes sacarme de aquí así! ¿Qué va a decir la gente?

–Lo mismo que ya decían –gruñó Khaled–. Que no puedo mantener las manos lejos de ti.

Se escucharon algunos gritos a su espalda, pero Khaled abrió la puerta de salida de una patada.

–¡No puedes sacarme ahí fuera... estoy desnuda! –gritó Gigi.

–Sí, lo estás –reconoció Khaled. Y no parecía muy contento con la idea.

Gigi sintió el frío aire de la noche mientras Khaled la metía en el coche que les estaba esperando. Luego entró a su vez y se pusieron en marcha. Gigi se arrinconó en la puerta opuesta con los brazos aplastados sobre el pecho y las piernas cruzadas, consciente de que estaba prácticamente desnuda, cubierta de pintura dorada y mojada. Humillante.

Khaled se acercó a ella, se inclinó y le quitó en un abrir y cerrar de ojos los zapatos de tacón de aguja, arrojándolos a continuación por la ventanilla.

–¿Estás loco? –gritó Gigi–. ¡Esos zapatos son propiedad de L'Oiseau Bleu y están hechos a medida!

–Hay paparazzis por todos los alrededores del teatro –le espetó Khaled poniéndole su abrigo por encima y metiéndole las mangas–. Estate quieta. Solo quiero que entres en calor.

Gigi protestó, pero se apresuró a pasar los brazos por las mangas del abrigo en un intento por conservar un poco de recato. Una cosa era estar en el escenario, donde el público la veía bajo un efecto de luz rosada, y otra encontrarse frente al hombre que le gustaba viéndola desnuda antes de que la hubiera llevado siquiera a cenar.

Tenía un programa de progresión muy claro: conocerse, cita, y luego, si todo parecía indicar que aquello iba a alguna parte, desnudarse. Pero en el espacio de veinticuatro horas, Khaled había entrado como una apisonadora y se había lanzado directamente a la parte del desnudo. Aunque mantenía la mirada por encima de la línea de la barbilla de Gigi, lo que la hacía sentirse algo mejor

–He recibido amenazas, Gigi. Amenazas estúpidas y pueriles como resultado de la cobertura de la prensa afirmando que tu cabaret ha caído en peligrosas manos rusas. Te habrás dado cuenta, *dushka*, que no eres la única persona de París que no confía en mí.

Lo cierto era que Gigi sí confiaba en él. Pero no estaba contenta de estar a su lado en aquel momento. Khaled le estaba abrochando los botones del abrigo. Podría haberlo hecho ella, pero ninguno de los dos parecía consciente de ello.

–La prensa no me está dando muchas opciones para ocuparme de tu seguridad.

–Mi seguridad no es asunto tuyo –gruñó Gigi. Tuvo un escalofrío y Khaled le frotó los brazos con fuerza–. Mira, no volveré a subirme al escenario. ¿Resuelve eso el problema?

Gigi se dio cuenta de que la tela del abrigo todavía conservaba el calor del cuerpo de Khaled, y le resultó inesperadamente reconfortante.

–Es un comienzo –reconoció él apartándose.

–Y si me llevas a casa te estaré profundamente agradecida.

–No seas ingenua. Hay periodistas acampados en el exterior de tu apartamento.

–¿Cómo lo sabes? ¿Y cómo conocen mi dirección?

–Le dijiste tu nombre a gritos a esa gente en los Campos Elíseos. Recuerdo que lo declamaste como un pregonero.

Gigi se sintió mal. Khaled hacía que sonara como una arribista. Ella no era como su padre, siempre vendiéndose, siempre haciendo algo en su propio beneficio y a expensas de los demás. Incluida ella. Gigi siempre trataba de hacer lo contrario. Lo único que quería era promocionar el cabaret y que hubiera más espectadores. Creía que Khaled lo había entendido.

–Vas a necesitar seguridad durante unos días –dijo él interrumpiendo sus pensamientos–. Si te parece, compartirás la mía.

–¿Y cómo vamos a hacer eso? –Gigi se sentó sobre las piernas para sentirse más protegida, y se dio cuenta de que Khaled había observado el movimiento.

–Te quedarás conmigo –dijo él como si fuera algo incuestionable.

La tensión del coche estaba cambiando de rabia y confusión a algo un poco más cargado.

–¿Y eso no alimentará la idea de que tenemos una relación? –Gigi se sonrojó al decirlo.

–Te has puesto roja –señaló Khaled, como si aquello fuera un prodigio.

Gigi apartó la vista.

–No, es que tengo calor con este abrigo.

Fue entonces cuando se dio cuenta de que habían dejado los alrededores que le resultaban familiares. Había menos luz y menos tráfico. Khaled la miraba como si estuviera fascinado con ella. La sensación era mutua, pero eso no significaba que estuviera preparada para irse con él. ¡Ni siquiera habían tenido una cita!

–No voy a volver al hotel contigo –afirmó–. Puede que mi reputación quede destrozada después de hoy, pero no voy a echar más leña al fuego.

–No voy a llevarte al hotel –aseguró Khaled con frialdad.

–Bien –Gigi intentó que no se le notara la decepción, porque, a pesar de todo, una parte de ella quiso saltar cuando le vio cruzando el escenario para sacarla de allí.

–Vamos directos al aeropuerto –continuó él–. Voy a sacarte del país. Esta noche.

Capítulo 11

GIGI parecía un ángel. Su largo cabello cobrizo serpenteaba por el asiento de cuero del coche. Las pestañas doradas se apoyaban sobre sus afilados pómulos. Cada peca color canela destacaba frente a la palidez de su rostro limpio. Tenía una mano apoyada en la mejilla mientras dormía.

Khaled estiró una mano y le subió la manta que le había resbalado de los hombros a las rodillas. La tapó y luego siguió conduciendo por la larga autovía que los llevaría del aeropuerto al centro de Moscú.

¿Qué diablos estaba haciendo? Llevaba haciéndose aquella pregunta las últimas tres horas. La respuesta obvia la tenía entre las piernas. La conclusión menos obvia a la que había llegado era que le tenía un aprecio real. Tal vez fuera una artista de la farsa y una stripper, pero había algo en ella que le había pillado por sorpresa.

Pero ahora, al mirarla, sus recelos le parecían falsos. Le resultaba difícil relacionar a la fantasía mojada y desnuda que le había mentido y le había pateado cuando la sacó del escenario con la chica de facciones suaves que dormía en ese momento a su lado. Una ducha y un cambio de ropa se habían ocupado de la pintura dorada, y la Gigi con la que había pasado el día volvió a aparecer una vez más a su lado. A Khaled le sorprendió su nivel de satisfacción al respecto.

Cuando ella abrió los ojos, lo supo. Pudo sentirlos

en él. Khaled la miró. Gigi parpadeó y se sentó apartándose el flequillo de la cara.

–¿Dónde estamos?

–A un cuarto de hora de Moscú. Es medianoche, has perdido tres horas.

–¿Dónde las perdí?

Khaled trató de no sonreír.

–En París.

–Junto con mis zapatos –murmuró ella frunciendo el ceño–. ¿Por qué no me has despertado?

–Estaba profundamente dormida. Me resultó más fácil llevarte en brazos al coche.

Gigi se estiró las mangas y le miró de reojo.

–Me has convertido en una de esas coristas que se escapa el fin de semana con un hombre rico. Estoy intentando discernir cómo me siento al respecto.

–Cuando lo hayas descubierto, por favor, cuéntamelo.

Ella le lanzó otra mirada furibunda.

–Supongo que no estoy aquí para acostarme contigo, así que los detalles de ese tipo no se pueden aplicar, pero nadie más lo sabe. Tiene mala pinta.

No fue la imaginación de Gigi. Khaled se puso sin duda tenso. Aquellas manos tan capaces se flexionaron alrededor del volante y el ambiente que los rodeaba se llenó de testosterona.

–¿Qué te importa lo que piense la gente de ti?

–Veintidós personas, para ser exactos. Las otras bailarinas de la *troupe*. Ellas ya creen que... Bueno, da igual lo que crean porque no es verdad.

Gigi dejó las manos sobre el regazo y miró hacia delante. Khaled guardó silencio. Al parecer, era duro para un hombre decirle que no se va a dormir con él después de las molestias que se había tomado. Entonces se le pasó por la cabeza que tal vez se había puesto tenso porque no tenía ninguna intención de acostarse con ella, en cuyo caso habría sonado desesperada.

Gigi le miró de reojo. La mayoría de las mujeres le desearían. Estaba hecho a una escala que le recordaba al *David* de Miguel Ángel. Deslizó la mirada hacia sus largas y musculosas piernas mientras aceleraba.

—Casi puedo oírte pensar —dijo él con aquel tono grave y de marcado acento.

Gigi dio un respingo. Oh, Dios, la había pillado mirándole la entrepierna. Khaled volvió a mirarla.

—No te preocupes, Gigi. No estoy escuchando tus pensamientos.

Ella sintió cómo le ardía la cara.

—Aunque así fuera, daría igual. No tengo nada que ocultar.

—*Da*, ya lo vi en el escenario.

Gigi se puso recta. Le parecía bien que opinara sobre su actuación. Podía aceptar las críticas.

—Estaba dándolo todo en el número. Lástima que tuvieras que estropearlo.

—Estabas desnuda.

Gigi se revolvió.

—¡No es verdad! Llevaba un tanga, pintura corporal y cubrepezones. Y zapatos —entornó los ojos. No iba a olvidar lo ocurrido con sus zapatos.

—Eso no es ir vestida. Es una incitación. Yo te veía todo.

—¡Eso no es verdad!

—Tal vez no todo —reconoció Khaled. Ahora le tocó a él el turno de mirarle el regazo—. Pero vi lo suficiente.

Sonrojada, Gigi cruzó las piernas.

—Viste lo que querías ver —le espetó sintiéndose ridículamente avergonzada—. Lulu tiene razón. Los hombres tienen una imaginación depravada. Convertís en sexuales cosas que no lo son.

–Estabas nadando en un acuario con luces, en un escenario y con dos serpientes pitones enredándose en tu cuerpo desnudo –gruñó Khaled–. ¿Y me dices que eso no es sexual?

–Las serpientes están ya mayores y deberían jubilarse, pero Jacques quiere que terminen esta temporada. Es uno de los números más populares.

–Porque es peligroso y tú sales desnuda.

Gigi se pasó las manos por los pantalones largos que Khaled le había dejado para que se subiera al jet, y agradeció no estar virtualmente desnuda en aquel momento. Khaled hacía que todo sonara obsceno.

–Vaya, eres un puritano –dijo incómoda–. ¿Quién lo hubiera dicho?

–Después de tu presentación me quedé con la idea de que el sitio tenía más clase. Estaba equivocado.

¿Qué estaba insinuando exactamente, que ella no tenía clase? Gigi sintió una punzada de calor ante su injustificada crítica, pero fue peor la sensación de que tenía que avergonzarse de algo.

No se avergonzaba. Hacía lo que podía con el material que le daban, el número y el vestuario. Debería decirle que no había nada sexy en controlar la respiración debajo del agua y lidiar con dos serpientes temperamentales mientras mantenía una sonrisa en la cara. ¡Era un trabajo duro!

Además, ella tampoco estaba muy a favor del número de las pitones, y estaba segura de que sus quejas llevarían a Jacques a retirarlo al final de la temporada. Pero Khaled no tenía derecho a dar a entender que había algo sórdido en el número o en su participación en él.

Ya se sentía bastante humillada después de que la hubiera cargado al hombro como si fuera un pavo desnudo. Mejor no decir nada.

Se cruzó de brazos. No quería decirle lo fuera de

lugar que se encontraba. Lo más emocionante que había hecho en su vida era pedalear con su bicicleta colina abajo en Montmartre. Aunque en el escenario interpretara a Gigi, la reina del Amazonas, en su vida cotidiana era Gigi la reina de la normalidad. Recorrer una autopista moscovita en un coche deportivo con un hombre que salía con supermodelos no era el final habitual de una noche de actuación para ella.

El problema consistía en que se estaba convirtiendo en uno de aquellos episodios con su padre, en los que se veía obligada a guardarse su opinión y sus miedos porque él no quería oírlos.

«Eres muy blanda, Gisele Valente», podía escucharle decir. «La vida es dura, tienes que hacerte fuerte».

En aquel momento algo aterrizó en su regazo. Era un teléfono móvil.

–Ocho, diez, treinta y tres –dijo entonces Khaled–. El código internacional de París. Pensé que te gustaría llamar a alguien. Tus amigas deben de estar preocupadas.

El hecho de que no se le hubiera ocurrido hasta entonces la sobresaltó. ¡Por supuesto que Lulu estaría frenética! No estaba en el teatro aquella noche, pero sin duda las chicas le habrían contado que Khaled se la había llevado en brazos.

Gigi hizo la llamada. Lulu respondió al instante y gritó su nombre, confirmando sus miedos y obligándola a apartar el móvil de la oreja. Le resultó más difícil explicarse con Khaled a su lado.

–Estoy bien. No es un asesino.

Le miró de reojo preguntándose qué pensaría él de aquello, pero su expresión no revelaba nada. Podría haber estado hablando de la lista de la compra.

–No, no pasa nada. Volveré dentro de unos días –Gigi se giró hacia la puerta y trató de hablar en voz baja–. No, no es un truco publicitario. Estoy en Moscú.

–Estamos en Kashirskoe Shosse –la voz grave de Khaled atravesó los chillidos de desconfianza que escuchaba Gigi al otro lado–. Dile a tu amiga que lo puede buscar en un mapa.

–¿Has oído eso, Lulu? Sí, es él. Sí –Gigi bajó aún más la voz–. No.

Khaled se movió a su lado y Gigi deseó que el asiento se la tragara. La descripción que le hizo Lulu sobre el arresto de los manifestantes y el interés de los medios de comunicación resultaba alarmante. Al parecer, nada de todo aquello había sido una exageración por parte de Khaled. Aunque lo cierto era que siempre le había parecido un hombre que describía los hechos tal y como eran. Y eso le gustaba mucho de él, teniendo en cuenta su turbulento pasado con su taimado padre.

Le *había gustado* de él. Antes de que hablara de su número.

Gigi escuchó cómo Lulu le contaba que había tenido que atravesar una muralla de paparazzi para entrar en el apartamento. Khaled le había dicho la verdad. Le miró de reojo, sintiéndose un poco estúpida por todo el lío que había montado.

–La gente del cabaret está diciendo que es el romance del siglo –continuó Lulu–. Creo que algunas chicas han hablado incluso con la prensa.

–¿Romance? –dijo Gigi en voz alta sin pensar–. No creo que...

Khaled le quitó el teléfono de la mano.

–Mañana hablarás con ella.

Lulu debió de decirle algo cortante, porque Khaled tenía una expresión fría cuando terminó la llamada.

–No le caigo bien. Deberías decirle que tenga cuidado con las amenazas. Podría meterse en un lío.

Gigi parpadeó.

–Es Lulu. No supone una amenaza para nadie.

—Ni tampoco le cuentes historias mientras estás aquí... como lo del romance del siglo.

Gigi se sonrojó. Khaled había escuchado el final de la conversación de Lulu. Debía de tener un oído muy fino.

—No soy yo ni es ella. Son las otras chicas —se defendió Gigi.

—Y no recibirán ninguna noticia de ti, Gisele.

—¿De verdad crees que yo quiero que la gente especule sobre nosotros? —se interrumpió bruscamente, no quería que Khaled pensara que según ella había un «nosotros»—. Quiero decir, sobre mí.

—¿Por qué no iba a pensarlo? Esto es lo que querías, ¿no es así? Resucitar el interés por el cabaret. Si no recuerdo mal, preparaste una presentación completa con eso en mente.

—Era para ti —contestó ella, impactada por lo que estaba insinuando—. Te la enseñé a ti, no a todo París.

Se sentía estúpidamente herida, porque recordaba aquel momento como una de las interacciones más bonitas entre ellos dos. Algo auténtico donde pudo mostrarle lo que era capaz de hacer. Curiosamente, le resultó más personal que cuando Khaled la colocó con manos expertas debajo de él sobre la cama.

—Invitaste a todo París con el discurso que te marcaste en los Campos Elíseos —Khaled tamborileó con los dedos sobre el volante—. Y luego vino tu actuación en el vestíbulo del hotel.

—Yo no quería ir a tu habitación. Fuiste tú quien se empeñó.

Gigi sintió por primera vez que había dado en el blanco, porque, al parecer, Khaled no tenía respuesta.

—Tenías una herida —dijo él finalmente.

Gigi apretó los labios, consciente de que si seguía por ahí iba a terminar diciendo alguna tontería. Algo que podría acabar con ella en una parada de autobús a la una de la mañana en una calle de Moscú. Sintió cómo aumentaba la tensión de su cuerpo.

Aquella era la manera en que solía sentirse con su padre. Aquella sensación sofocante y densa de no poder decir una palabra desacertada, hacer algo que no debía, porque entonces sería expulsada. Se quedaría sola. El problema estaba en que no tenía claro qué era lo incorrecto.

Empezó a experimentar una sensación parecida al pánico. Era como volver de pronto a la adolescencia. No poder decir dónde iba ni qué hacía.

«Ya no eres tan impotente», se recordó. «Esos días ya pasaron... ahora tienes opciones».

Tenía el pasaporte. Podía tomar un taxi de regreso al aeropuerto. Podía reservar un vuelo, que Lulu lo pagara con su tarjeta de crédito y devolvérselo cuando volviera a casa. No tenía por qué quedarse con ese hombre.

Cuando el coche se detuvo, Gigi ya había preparado varios discursos que soltarle. Pero, cuando se bajó, alzó la vista y vio aquel imponente edificio con cariátides en las columnas de piedra a cada lado de la entrada, se dio cuenta de que la sensación más acuciante que tenía eran nervios.

No se dejaría intimidar.

—Entra.

Khaled la tomó del codo sin demasiadas contemplaciones y algo dentro de Gigi se rebeló. Se zafó de su agarre.

—¡Deja de ser tan horrible conmigo!

—¿Horrible? —Khaled se cernió sobre ella, impidiendo con sus anchos hombros que el viento le llegara a la cara.

Gigi se acercó un poco más porque hacía frío y Khaled era grande y protector, y aunque estuviera siendo horrible, confiaba en él.

–Quiero que seas más amable conmigo –murmuró–. Después de todo, yo también he tenido un día duro hoy.

Khaled no respondió, pero la miraba como si hubiera dicho algo extraño.

–Da igual, olvídalo –Gigi se encogió de hombros y miró hacia el edificio–. ¿Es aquí donde voy a quedarme?

Khaled dijo algo en ruso, pero esa vez no la apresuró para que entrara.

Gigi intentó no sentirse avergonzada mientras permanecía a su lado en el ascensor que los llevaba de la planta baja a la sexta. Había entendido que no estaba muy contento con ella. Seguramente no podía culparle. No tendría mucha importancia, pero todo lo sucedido el día anterior, las charlas confidenciales, el increíble modo en que había manejado la inseguridad que tenía con sus pies, por no mencionar lo sucedido después... todo eso había despertado sentimientos en ella.

No eran sentimientos frecuentes en Gigi, y si hubiera podido elegir no le habría escogido a él como blanco ideal, pero no tuvo elección. Eso era lo que sentía. Por el contrario, Khaled no parecía sentir nada. ¿O sería que estaba muy acostumbrado a que las mujeres revoloteaban a su alrededor?

Gigi supuso que besaba a mujeres todos los días de la semana como si estuviera perdido en el desierto y la mujer en cuestión fuera agua.

Para ella no era igual. Antes de que Khaled la pillara desprevenida en el baño el día anterior no había besado a nadie desde Nochevieja, aunque se lo había guardado para sí. Khaled no necesitaba saber nada de su vida privada, gracias.

Las puertas del ascensor se abrieron entonces y salieron a un impresionante vestíbulo hecho de mármol blanco y negro y granito.

–Guau –exclamó Gigi.

Los sensores activados por el movimiento arrojaron luz al pasillo que tenían delante. Todo tenía un aspecto acogedor, caro e íntimo.

–¿Voy a quedarme aquí?

Khaled cerró las puertas tras ellos y le tomó la mano con la suya. No con brusquedad, sino rodeándole los dedos con los suyos.

Gigi se estremeció. Contuvo la respiración cuando él se giró y se encontró mirando aquellos preciosos ojos oscuros. No estaba segura de si fue ella quien avanzó hacia Khaled o al revés, pero de pronto no había espacio entre ellos y se vio entre sus brazos.

Ahí tenía su respuesta, pensó algo mareada. Khaled estaba siendo amable con ella. Muy amable.

El deseo empezó a surgir en ella como una sinfonía cuando se puso de puntillas y le rodeó el cuello con los brazos.

No sabía por qué, pero cuando Khaled la besaba siempre sentía como si estuviera en la cubierta de un barco, todo se balanceaba de una manera deliciosa, y tenía la sensación de que si se soltaba perdería pie.

Khaled la besó con más pasión y se movió contra ella, llevándola hacia la pared. Gigi gimió suavemente y le besó a su vez. El corazón le latía como un tambor. Apretó las caderas instintivamente, presionándolas contra su entrepierna, sintiendo su increíble dureza contra ella.

Al principio lo único que Gigi percibió fue una sensación de alivio por poner fin a aquella tortuosa tensión que había entre ellos.

Pero entonces se dio cuenta de que no podía apartar los pensamientos aunque su cuerpo se volviera loco de deseo por él. ¿Qué estaba haciendo allí? ¿De verdad creía que podía dejarse llevar por sus sentimientos y olvidarse de las consecuencias? Ni siquiera sabía qué pasaba por la mente de Khaled. ¿Creería que lo estaba haciendo para conseguir algo de él?

«¡Deja de pensar!», le gritó su ocupado cerebro.

No. No podía dejarse llevar por aquel deseo físico porque no había nada más, y sus motivos podían resultarle a Khaled extremadamente ambiguos.

Dejó de besarle. Fue lo que más duro le resultó en aquel momento.

—No quiero que se me acuse de utilizar el sexo para trepar —gimió—. Todas las chicas creen que me acuesto contigo para subir en mi carrera.

—Eso no es un problema para mí —respondió Khaled con la respiración agitada cubriéndole otra vez la boca con la suya.

Pero la mente de Gigi seguía golpeando como el mar contra un barco encallado. No... sí... ayuda, por favor. Era tan insoportablemente excitante y tan injusto... ¡Khaled no la estaba ayudando en absoluto! La marcó con aquella boca suya y durante unos maravillosos segundos, Gigi se dejó llevar.

Fue todavía mejor que antes porque se permitió sentir. Le temblaban las piernas, apenas podía sostenerse en pie. Pero Khaled estaba allí, fuerte y duro, haciendo todo el trabajo de apoyo que una chica podía necesitar.

No, no había nada que los detuviera... excepto la conciencia de Gigi, que no paraba de interferir.

—Khaled... —colocó los codos entre ellos para que hubiera un poco más de espacio—. Esto no puede ser —le dijo, aunque se derretía de placer con los besos que le estaba dando en el cuello.

Si las otras chicas pudieran verla en ese momento la matarían. Gigi se apretó contra él cuando le deslizó la mano bajo el jersey y la poco sexy camiseta térmica. Oh, sí, sus pechos le recordaban. Khaled le acarició un pezón con la yema del pulgar y ella gimió porque lo sintió directamente entre las piernas. Volvió a hacerlo y le temblaron las rodillas.

—Esto... no es justo –susurró.

—La vida no es justa –respondió Khaled contra su boca, como si le estuviera diciendo algo que ella no supiera.

El teléfono que Khaled le había prestado vibró en el bolsillo de la cadera. Al principio le costó trabajo reconocer el sonido porque ya sentía cierta vibración en esa zona. Gigi dejó de besarle y metió la mano entre ellos. Khaled la miró embelesado, como si pensara que se dirigía en otra dirección.

No. Podría haberle dicho que ella no era tan osada. Dejaba aquellos movimientos tan directos a las chicas que sabían mucho más que ella. Gigi era más de esperar a ver qué quería hacer él.

Alzó el móvil como si fuera una bandera roja.

—¿Qué haces? –gruñó él.

—Contestar al teléfono –jadeó Gigi, porque todavía seguía acariciándole un seno–. Disculpa –apretó la tecla de responder–. Hola, Lulu.

Khaled se la quedó mirando como si tuviera monos en la cara mientras Lulu protestaba porque la había colgado. Khaled miró el móvil, y durante un instante Gigi se preguntó si lo estamparía contra el suelo. La parte de ella que esperaba que lo hiciera se llevó una desilusión.

Khaled dijo algo en ruso y luego apartó la mano de ella. Gigi se encontró sola apoyada contra el quicio de la puerta. Lulu quería saber si estaba a salvo y le dijo que su voz no parecía la suya.

—Acabamos de llegar –jadeó Gigi viendo cómo Khaled se alejaba por el pasillo.

—Parece que hayas corrido una carrera –replicó Lulu con recelo.

Gigi tragó saliva.

–No, no... es que he subido muchas escaleras –era una mentirijilla, pero de ninguna manera le iba a contar lo que acababa de pasar. Ni siquiera ella lo tenía muy claro–. Estoy agotada, Lulu. Hablamos mañana. ¿Qué hora es ahí?

–Está amaneciendo. Yo estoy en la cama viendo las noticias de todo lo que ocurrió anoche. Dicen que Kitaev compró el cabaret para poder hacerse contigo.

–¿Hacerse conmigo? –Gigi se puso roja–. No soy un objeto. ¡Y, además, lo ganó jugando a las cartas!

–*Maman* dice que puedes denunciarlos por difamación.

¿Un juicio? No, gracias. Gigi avanzó por el pasillo. ¿Dónde había ido Khaled? Lulu le estaba contando casos de gente que había denunciado a la prensa por calumnias y había ganado mucho dinero, pero Gigi no era capaz de concentrarse en sus palabras. Necesitaba encontrar a Khaled, porque en aquel momento sentía que se había comportado como una cobarde y le debía una explicación... y, además, ni siquiera tenía una cama donde dormir.

Capítulo 12

GIGI miró en la esquina de una habitación a os-
curas y luego en otra. Sinceramente, era de
muy mala educación dejarla sola. Fue entonces
cuando él apareció al final del pasillo con la camisa
desabrochada.

–No voy a llevarte al aeropuerto esta noche.

Su voz profunda y grave la sobresaltó, y más porque
todavía tenía el melodioso tono francés de Lulu en la
otra oreja. Gigi tomó una decisión. Pulsó la tecla de
colgar.

–Creo que debemos aclarar algo –dijo intentando
mantener la voz firme.

–Estoy de acuerdo. Sé lo que me vas a decir: no debería haberte tocado –Khaled dobló la esquina.

Gigi estuvo a punto de salir corriendo tras él. No,
eso no era en absoluto lo que iba a decir.

–Escucha –dijo siguiéndole mientras bajaba las escaleras–. Lo que quería decir es que sé que estás pensando en vender L'Oiseau Bleu, y también que todo lo
que ha pasado hoy es culpa mía y estoy dispuesta a
pagar por ello –aseguró a toda prisa.

Para ser un hombre tan grande bajaba muy ligero los
escalones. Khaled se había quitado los zapatos y estaba
increíblemente sexy en vaqueros y con una camisa limpia abierta en el pecho.

–No tenías que haberme traído aquí, pero lo has

hecho. Y supongo que tú sabes más sobre la intrusión de la prensa y que yo debería estar agradecida... y lo estoy. Pero no me gustaría que pensaras que quiero algo de ti.

Khaled se detuvo tan repentinamente que ella se chocó contra su espalda.

–Gigi –le dijo con tono paciente girándose lentamente–. La única razón por la que estamos metidos en este lío es porque quieres algo de mí.

–¡Eso no es verdad!

Gigi dio un paso atrás, porque lo cierto era que no se fiaba de ella misma estando tan cerca. Tuvo que hacer un esfuerzo sobrehumano para apartar la vista de su torso desnudo.

–Mira, sé que tienes un punto de vista cínico porque seguramente no lo has pasado bien, pero mi vida tampoco ha sido precisamente un cuento de hadas. Sé lo interesada y egoísta que puede ser la gente, pero eso no significa que tengas que abandonar los buenos instintos. Creo que ya has pasado suficiente tiempo conmigo para haberte hecho una idea de mi carácter y saber que no soy de ese tipo.

Khaled sacudió la cabeza.

–Gigi, ahora mismo estoy demasiado duro para reírme, pero tu indignación es curiosa teniendo en cuenta los acontecimientos de las últimas cuarenta y ocho horas.

¿Estaba...? Gigi trató de ignorar cómo se derretía su cuerpo con la noticia de que seguía deseándola. Dios sabía que ella también. Pero tenían cosas que aclarar primero.

Aunque él siguiera bajando las escaleras.

–Supongo que te conviene pensar que quiero algo de ti –le gritó a la espalda–. Eso significa que puedes seguir tratándome como si fuera una maleta y no hablar conmigo después de lo que ha pasado entre nosotros en mi apartamento y en el hotel.

Gigi cerró los ojos brevemente. No había sido su intención decir aquello.

–¿Por qué querría hablar contigo de eso?

–Ah, no sé... ¿porque me has besado?

Khaled la miró. El modo en que le recorrió el cuerpo con los ojos hizo que se estremeciera.

–Eso fue un error.

¿Lo fue? Su estómago escogió aquel momento para emitir un sonido inconfundible.

Khaled frunció el ceño.

–¿Cuándo fue la última vez que comiste?

–Ayer a las cuatro de la tarde.

Él murmuró algo en ruso que no sonaba muy agradable.

–Vamos, te daré algo de comer –dijo luego con tono más amable.

Gigi obedeció. Khaled la llevó a la cocina, sacó pan fresco, jamón, queso y lechuga y se puso a preparar unos sándwiches.

Hizo todo lo que pudo para mantener la mente alejada de sus labios suaves como pétalos de rosa, de la curva de sus senos que cabían perfectamente en la palma de su mano, de su dulce entusiasmo aunque lo apartara de sí y le dijera tonterías respecto a lo que pasaba entre ellos.

–¿Te haces la comida?

Khaled alzó la mirada. Ella se había sentado en uno de los taburetes y lo miraba con sus grandes ojos azules.

–¿Por qué no? –gruñó–. Todos los hombres deberían ser autosuficientes.

–Sí, eso es lo que percibo de ti.

Gigi guardó silencio. Khaled desconfiaba cuando se callaba. La mente de Gigi nunca dejaba de dar vueltas.

–La primera vez que te vi pensé: «Este es un hombre que ha estado en muchos sitios» –dijo de pronto.

–Así es. En Asia Central y en el Círculo Polar Ártico con un grupo de científicos y geólogos.

–¿Algo relacionado con el petróleo?

–Sí. No hay nada como estar allí y ver tú mismo la erosión, experimentarla, ver la prueba visible de los patrones de cambio, la transformación del suelo. Me impide volverme cómodo o vago respecto a mi responsabilidad hacia el planeta.

–Suenas bastante ecologista.

Khaled se encogió de hombros.

–Crecí en la montaña. Sería raro que no tuviera conciencia ecológica.

–¿Lo echas de menos ahora que vives en ciudades?

–Vuelvo a la montaña siempre que puedo. También tengo acciones en empresas de energías alternativas, y voy a dejar el petróleo.

–¿Qué se siente al gobernar el mundo?

–¿Es eso lo que hago?

–Tanto dinero... ¿alguna vez lo has contado? ¿O llega un momento en el que dejas de pensar en él? Quiero decir, yo vivo al día y siempre se me acaba el presupuesto la segunda semana del mes.

Khaled frunció el ceño. Gigi estaba nerviosa. ¿Era esa la razón por la que estaba diciendo tantas tonterías? No estaba acostumbrado al nerviosismo sexual con las mujeres. Las mujeres que conocía eran osadas, normalmente tomaban ellas la iniciativa.

Lo que había hecho Gigi cuando estaban arriba empezó a cobrar un poco de sentido para él.

–Necesitas un buen contable, *dushka*.

–No gano suficiente para contratar uno. No todos tenemos campos de petróleo.

–El dinero no es siempre la respuesta, Gigi. Tengo

un proyecto para las montañas del Cáucaso para el que estoy encontrando muchas objeciones, y creo que se debe en gran parte a los millones que tengo en el banco.

—¿Cómo es eso?

Khaled dejó el cuchillo y se apoyó en las manos, inclinándose hacia delante.

—Soy el chico del pueblo que ha triunfado... eso no se ve bien allí.

—Daba por hecho que habías nacido en Moscú.

—La primera vez que estuve en Moscú fue para ingresar en el ejército. Llegué aquí con un saco marinero y mucha ambición. Hasta entonces solo conocía las montañas.

Gigi apoyó los codos en la encimera y puso la barbilla entre las manos mientras le miraba fijamente.

—¿Naciste allí?

—Sí. Mi padre era soldado profesional en Chechenia.

Khaled empezó a rellenar el sándwich de cosas. La señora que se ocupaba de su casa era un ángel.

—Mi padre recibió un balazo de un francotirador cuando yo tenía cuatro años —le confesó—. Después de eso mi madre se vio obligada a regresar con su familia a las montañas, más al oeste, y se volvió a casar con un pastor de ovejas. Nunca tuvimos dinero... solo teníamos ovejas.

—Siento lo de tu padre —murmuró Gigi—. Debió de ser horrible para tu madre y para ti.

—Difícil para mi madre. Tenía poco más de veinte años, había dejado la escuela pronto y no le quedaban muchas posibilidades de criarme sola.

—Pero se volvió a casar...

—Mi padrastro tenía tierras, una casa, y era respetado en el pueblo. Ella pensó que sería mejor que nada.

—Pero te tenía a ti —indicó Gigi.

–Tenía un rincón en casa de sus padres, y allí era la hija caída en desgracia que se había casado con un soldado ruso.

–¿Caída en desgracia? ¿Por qué?

–Se quedó embarazada antes de casarse. Y de donde yo vengo los soldados rusos no son recibidos precisamente con los brazos abiertos. Hay un largo historial de guerrillas en las montañas entre Rusia y los pueblos del Cáucaso. Nadie estaba contento con aquel matrimonio.

–¿Tus padres fueron felices?

Khaled fue consciente de pronto de que acababa de contarle a Gigi más cosas de sí mismo de las que nunca había revelado a nadie.

Nunca hablaba de aquello. No necesitaba recordar aquella parte de su vida. ¿Por qué lo estaba haciendo ahora?

–¿Por qué hemos entrado en este tema?

Utilizó el tono que hacía que hombres hechos y derechos guardaran silencio en su presencia. No había sido su intención utilizarlo con ella, pero no podía contener la oleada de rabia que surgía en él en relación a sus padres.

Gigi parpadeó.

–Solo quería saber un poco más de ti.

Sí... ella y un montón de periodistas. Entonces Khaled recordó la foto de la madre de Gigi y los sentimientos que tenía hacia su propio padre. No era un hombre en el que se pudiera confiar. Supuso que Gigi sabía lo suficiente sobre familias rotas como para contarle un poco de lo que quería oír.

–Mis padres se amaban mucho.

Ella alzó una ceja.

–No parece que eso te entusiasme.

–«Amor» es una palabra que se utiliza para cubrir mucho terreno –replicó Khaled–. No soy un gran fan.

–No creo que podamos elegir a quién amamos.

Khaled sacó una jarra de *chay* frío de la nevera.

–El amor no salvó a mi padre de una bala perdida, ni dio de comer a mi madre, ni la protegió de las críticas cuando se vio obligada a volver a casa. De hecho, el amor solo le hizo las cosas más difíciles.

–¿Pero eso cómo lo sabes? ¿Por qué no podría ser al contrario? Conoció el amor y fue un recuerdo maravilloso para ella, algo que podría volver a encontrar.

Khaled le pasó la jarra por la encimera.

–Te voy a decir por qué no, Gigi. Mi padrastro no pudo perdonarla por estar enamorada de mi padre. Daba igual lo que ella hiciera, nunca era suficiente para calmar sus celos. No había nada de maravilloso en el modo en que nos trataba.

Se dio cuenta de que estaba respirando con dificultad.

Gigi se recostó hacia atrás, pero no estaba alejándose de él.

–Creo que Carlos estaba enamorado de mi madre a pesar de que ella se negó a que formara parte de su vida. Estoy segura de que por eso vino a por mí cuando ella murió. Pero eso no se tradujo en amor hacia *mí*. Estuvo resentido conmigo desde el principio.

–Eras de su misma sangre... ¿por qué iba a estar resentido?

–Porque ella me quería –dijo Gigi con devastadora sencillez–. Pero a él no.

Khaled se quedó muy quieto.

–Ya ves –murmuró ella con voz pausada–, tenemos más en común de lo que ninguno de los dos se imaginaba.

Él sintió que se le encogía el pecho. Gigi le estaba mirando con aquellos ojos azules llenos de esperanza mientras que él solo podía pensar en que era como meter a una liebre en una jaula con un lobo para comparar sus vidas. Podría destrozarla con facilidad. Gigi no parecía entenderlo. No entendía quién era.

En aquel momento se alegraba de haber bajado las escaleras en vez de subirlas, porque si se la llevaba a la cama lo más normal sería que ella viera más en la situación de lo que había. Aquella noche la alojaría en una habitación de invitados y al día siguiente la llevaría a un hotel. Había llegado el momento de volver a alzar las barreras entre ellos. Y, sin embargo, se escuchó a sí mismo preguntarle con tono gruñón:

–¿Tu padre ya no está en tu vida?

–Vive en Barcelona. Hablamos por teléfono. No soy rencorosa, y me parece que tú tampoco.

Khaled trató de ignorar el hecho de que le estaba telegrafiando algo con la mirada... algo relacionado con lo que había sucedido arriba. Gigi se estaba mordiendo el labio inferior.

–Te sorprendería –murmuró–. Háblame de tu padre.

Ella se encogió de hombros con un gesto de pesar que decía mucho.

–Ahora intenta arreglar las cosas, pero es de la vieja escuela. Cree que me educó como debía, siendo estricto y sin decir nunca nada positivo...

–¿Y atándote los pies con cuerdas?

–Ah, no, eso lo hice yo por mi cuenta para intentar agradarle. Las marcas me salieron porque me subían y me bajaban todos los días con las cuerdas. Carlos es muchas cosas, pero no es un sádico.

Dejando a un lado el deseo que de verdad sentía, quitar todo de la mesa y tumbarla sobre ella, Khaled impulsó el plato hacia ella y sirvió *chay* frío en dos vasos. Gigi necesitaba comer, esa era la razón por la que estaban ahí abajo juntos. Y luego haría lo correcto y la enviaría a la cama sola.

Aunque eso le matara.

Gigi le dio un mordisco al sándwich y gimió de placer.

–Está buenísimo –murmuró–. Eres el rey de los sándwiches.

–Tienes hambre de verdad –comentó él mirándola comer.

–Es normal en mí. Como tanto como un caballo. Es por el baile –Gigi se limpió la boca en un gesto inconsciente.

Muchas mujeres habían llegado a extremos increíbles para seducirle. Pero ninguna había pensado en limitarse simplemente a comer un sándwich.

Khaled se dio cuenta de que no había probado el suyo. La comida no era una prioridad para él en aquellos momentos. Sentía la piel ardiendo y no podía evitar mirar la maravillosa arquitectura de su cuerpo de bailarina, las suaves curvas de sus senos y su trasero bajo la ropa.

Para distraerse, se centró en lo que Gigi necesitaba. Sabía que todavía debía de tener hambre, así que sacó un postre de la nevera. Mientras tanto, ella recogió los platos y se dispuso a fregarlos. La escena resultaba extrañamente doméstica. Khaled cerró la nevera de un golpe.

–No tienes por qué hacer eso –dijo con más aspereza de la que pretendía.

Gigi terminó de secar y le sonrió con cierta timidez.

–En casa monto mucho más lío.

–Pero no estás en casa.

A ella le tembló la sonrisa.

–No.

«Mándala arriba ahora mismo», le gritaba su conciencia. Pero algo más primitivo y mucho más convincente le corría con insistencia por las venas. Su determinación se disolvió. Gigi era adorable en todos los sentidos y Khaled supo cómo se iba a desarrollar la noche. No habría cuarto de invitados.

–Ven, tengo algo para ti.

A Gigi se le tiñeron de rojo las mejillas, lo que le hizo saber que él no era el único que estaba sintiendo aquello. Se acercó, bajó la vista al cuenco del postre y luego le miró con expresión de culpabilidad. Comida y sexo. ¿Cómo iba a resistirse? Sin pensar en lo que hacía, introdujo una cucharada en los labios de Gigi.

Ella la retuvo en la boca y cerró los ojos mientras lo saboreaba. Khaled lo sintió en la entrepierna.

–¿Te sientes mejor? –le preguntó con voz grave ofreciéndole otra cucharada.

Las pestañas doradas se levantaron.

–Sí.

Khaled se aclaró la garganta.

–¿Todavía tienes hambre?

Gigi asintió e intentó agarrar la cuchara, pero él se lo impidió.

–Déjame.

Ella se humedeció los labios y Khaled sintió una punzada de calor en el vientre. No había nada de lujurioso en las acciones de Gigi, solo estaba disfrutando de la comida. Y para su extrañeza, él estaba disfrutando de darle de comer, de cuidar de ella y hacerla feliz.

–Ya no más –Gigi rechazó la sexta cucharada sacudiendo la cabeza. La melena cobriza cayó hacia delante, enmarcándole el rostro.

Era encantadora. Y Khaled estaba jugando con fuego. Gigi se inclinó hacia delante de forma inesperada y agarró con delicadeza la cadena de plata y la cruz que él llevaba al cuello.

–¿Qué es esto?

–Mi cruz de bautismo –Khaled tenía la voz grave

por el deseo, pero también por el orgullo hacia algo de lo que no siempre había estado orgulloso–. Mi nombre de pila es Aleksandr, como mi padre y como el santo de la Iglesia Ortodoxa Rusa.

–¿Y de dónde viene Khaled?

–De mi madre. Cuando volvió al pueblo pensó que sería mejor que me conocieran por el nombre de su padre y de su abuelo. Fue mi nombre a partir de los cuatro años.

Qué extraño que todavía le pesara después de tanto tiempo.

–Yo soy católica –dijo ella recorriéndole la cruz con los dedos–. Pero no tengo nada tan bonito.

–No estoy de acuerdo –Khaled le acarició la línea de la mandíbula con las yemas de los dedos.

Su expresión era de bienvenida. Le habría resultado fácil inclinarse y capturarle la boca con la suya.

Gigi supo antes de que Khaled se moviera que no iba a besarla. Vio la decisión en sus ojos, en el modo en que apretó las mandíbulas, y aunque el aire estaba cargado de deseo, sabía que aquel hombre tenía mucho más autocontrol que ella. Y, si había cambiado de opinión, no la variaría.

Se le cayó el alma a los pies cuando Khaled se dio la vuelta y dijo algo sobre enseñarle su habitación.

Seguramente no le vería mucho después de aquello. Al día siguiente volvería a ser el tipo a cargo de todo y ella tendría que empezar a pensar en el futuro, porque las señales eran evidentes.

Pero ahora estaban juntos y a solas. Khaled había bajado todas las barreras, tal vez por las emociones de un día tan largo y la falta de sueño, pero Gigi sintió que se moriría si aquello acababa allí.

Sabía que le iba a echar de menos cuando volviera a casa, y que pasara lo que pasara con el cabaret nunca le olvidaría. ¿De verdad importaba a aquellas alturas si hacía realidad los rumores?

A veces una chica tenía que hacer lo que tenía que hacer...

Capítulo 13

TENÍAN que separarse.

Khaled abrió otra vez la nevera y sacó una botella de agua fría para llevarla arriba. Había instalado a Gigi en la habitación de invitados y además reservó un vuelo para que volviera a casa en unos días. Apenas tendría que verla.

–Seguramente estarás mejor en un hotel –dijo cerrando la nevera–. Yo no voy a estar aquí y tal vez te sientas sola.

Se dio la vuelta con la botella en la mano esperando encontrar su aprobación. Pero lo que vio fue a Gigi en el proceso de quitarse el jersey. Debajo llevaba una camiseta térmica fina. Y debajo asomaban unos pezones erectos sin sujetador visible. Esa fue la razón por la que la camiseta térmica se convirtió de pronto en la prenda de ropa más sexy que había visto nunca en una mujer.

Pero entonces Gigi se la quitó y la mente de Khaled dejó de funcionar. Ante sus ojos apareció una piel suavemente salpicada de pecas, un cuerpo delicado y grácil y unos senos pequeños, altos y coronados por pezones de un tono canela rosado.

Se quedó impactado. Creía haberla visto desnuda en escena, pero no había visto nada. Gigi le había dicho la verdad. Esa era ella tal cual. No una fantasía de cabaret, sino una mujer real, cálida, no muy segura de sí misma e increíblemente sexy por esa misma razón. Él no era un espectador ni tampoco su jefe. Era el hombre que Gigi había elegido.

Le sonrió con incertidumbre.

–¿Quieres desnudarte conmigo?

Sí. Sí quería. Era como si todo lo que había sucedido antes ya no importara. Solo estaba el momento presente. Y si el momento presente era Gigi seduciéndole, funcionaba bien. Aunque también resultaba completamente innecesario, porque desde el momento en que ella le miró por primera vez desde su punto de observación en el escenario, Khaled fue suyo.

–¿Eso es un sí? –dijo Gigi reduciendo la distancia entre ellos. Empezó a deslizarle la camisa por los hombros sin ninguna prisa.

Khaled sintió la punta de sus senos rozándole el pecho y el deseo le apuñaló profundamente. Le puso los brazos en los hombros y sintió el temblor de su delicado cuerpo. Aunque era ella quien había empezado, tuvo la sensación de tener algo no domado bajo las manos, y que si hacía algún movimiento brusco podría salir corriendo a esconderse en el bosque.

Tenía la piel como la seda suave cuando exploró su estrecha espalda. Gigi le rodeó el cuello con los brazos y le miró con aquellos ojos más azules que el azul.

–Khaled –le dijo muy seria–, por favor, no pares ahora.

–*Nyet,* no voy a parar –le aseguró subiéndola a la encimera en un único movimiento.

Khaled no pudo resistirse y se introdujo uno de sus pezones canela en la boca. Gigi gimió. Sabía a cielo. Era el cielo. Ella le pasó los dedos por el pelo. Khaled utilizó la lengua para succionar. Gigi emitió sonidos de aprobación que le invitaban a moverse al otro seno y se apretó salvajemente contra él.

Khaled sabía que si seguía así ni siquiera iba a poder desabrocharse los pantalones. Iba a ponerse en ridículo como un chico de quince años con su primera novia.

Tenía que ralentizar las cosas. Quería tomarse su tiempo. Iba a hacerla suya, pero no en la maldita cocina. Gigi se merecía una cama.

Subió con ella en brazos los dos tramos de escaleras hasta llegar a su dormitorio. Khaled se dio cuenta de su error, pero ya era demasiado tarde. Gigi miraba su habitación con expresión arrobada.

–Dios mío, esto es como *Las mil y una noches*.

Khaled había olvidado la impresión que causaba.

La entrada en forma de arco... la enorme cama en el suelo... la estantería que quedaba encima donde guardaba sus libros... sabía que para alguien que no fuera ruso aquello parecía una fantasía oriental.

Para él suponía hacer un buen uso de la arquitectura existente.

No podía decir que era la primera mujer a la que llevaba allí, pero sí habían sido pocas. Aquel era su reino privado y le gustaba su intimidad. Pero la necesidad de poner distancia que solía tener no apareció.

Gigi sintió una cierta tensión en él cuando la dejó en el suelo. El pelo le cayó por los hombros. Khaled le tomó el rostro entre las manos y la besó. Fue un beso profundo, sentido. El tipo de beso del que Gigi imaginó que nunca se cansaría. Para su sorpresa, la giró entre sus brazos y pronunció su nombre contra su cuello. Fue un gemido ronco que le recorrió la espina dorsal mientras las manos de Khaled acariciaban sus sensibles senos.

Su respiración era gratificantemente honda, su boca cálida contra la parte de atrás del cuello, y Gigi pensó que las rodillas no iban a sostenerla.

–Khaled... –necesitaba decir su nombre.

–*Vechno*... ese es el tiempo que te he estado esperando.

–¿*Vechno*? –jadeó ella.

–Eternamente. Pensé que eras un espejismo –le dijo él en el pelo con voz rasposa como una lija–. Dime que no sigo en el desierto.

A Gigi se le elevó el corazón.

–Gracias a Dios, no. Imagínate dónde podría ir la arena.

Khaled se rio en el pecho, y a ella le gustó tanto sentirlo que quiso quedarse así para siempre. Las sensaciones la atravesaban como una cascada mientras continuaba acariciándole los pezones con los pulgares, convirtiéndolos en puntos de insoportable sensibilidad. La tocaba como si eso fuera lo único que deseaba, y Gigi sintió que podría morirse en aquel momento.

Dejó escapar un suave sonido de alivio cuando la boca de Khaled se deslizó por su nuca, y luego sintió un beso en el centro de su columna. Allí sencillamente hizo combustión.

–¿Es esto lo que quieres, Gigi?

Ella notó que se le derretía el corazón con aquella pregunta, emocionada por que le preguntara.

Se giró entre sus brazos y le buscó la boca, besándola con toda la sensual pasión que tenía.

–Oh, sí –dijo contra sus labios.

Entonces fue el turno de él de emitir un gruñido de satisfacción mientras le cubría el trasero con las manos y la atraía contra sí. Gigi le rodeó con sus largas piernas y disfrutó del festín de su boca.

Khaled la llevó a la cama y la tumbó sobre el colchón. Se arrodilló sobre ella y le desabrochó el botón de los pantalones, bajándoselos por las piernas y tomándose su tiempo para disfrutar de aquellos muslos suaves como la seda con las manos.

–No pares ahora –le advirtió Gigi.

–*Dorogaya*, ni siquiera el ejército de Aníbal podría detenerme ahora.

Ella todavía tenía puesto el tanga brillante que llevaba en el escenario, y Khaled le deslizó el pulgar por el hilo que le rodeaba las caderas hasta llegar al trozo de tela en forma de corazón que preservaba su modestia.

–Esto es indecente –murmuró.

Gigi contuvo el aliento mientras la acariciaba debajo. Su pulgar encontró su clítoris esponjado por el deseo. Arrodillado sobre ella, parecía tan salvaje como cuando cruzó el escenario para llevársela. Pero ahora estaba desnudo. Tenía el ancho pecho cubierto de vello oscuro, con una línea que bajaba hacia un abdomen tan terso como un tambor.

Gigi bajó la mirada hacia su pene completamente erecto. Era precioso, como todo él. Empezó a explorarlo con las manos, pero Khaled se apartó al instante. Cualquier otro intento de darle placer como él se lo estaba dando a ella hizo explosión en miles de piezas cuando le bajó el hilo del tanga y la dejó desnuda ante sus ojos.

Tenía una estrecha franja de rizos pelirrojos dorados. Muchas chicas se lo quitaban todo, era más fácil porque los trajes que llevaban mostraban mucho. Pero ella quería tener algo que le recordara que era una mujer. A Khaled pareció gustarle, porque la tocó allí con la expresión un tanto borrada por el deseo.

Se colocó entre sus muslos, abriéndoselos con suavidad y al mismo tiempo con firmeza. Abrió los pétalos de su centro y la encontró caliente, húmeda y preparada.

Gigi emitió un sonido asombrado cuando él utilizó la lengua para lamerla, y se agarró a todo lo que pudo encontrar: las sábanas, una almohada, mientras hundía la otra mano en su fuerte cabello. No sintió ninguna vergüenza por su deseo cuando el placer se apoderó de su cuerpo como la tormenta de un barco en el mar. Gimió y se retorció, y cuando Khaled levantó la cabeza el barco estaba hecho pedazos. Se sentía como los restos de un naufragio en medio de una tempestad, colocada durante un instante en una ola alta.

A través de la neblina del placer vio unos músculos en él que nunca había visto en ningún otro hombre, y no pudo evitar deslizar las manos por ellos para sentirlos contraerse bajo su contacto.

Khaled bajó la cabeza hacia sus senos, devorándoselos hasta que Gigi no pudo seguir soportándolo.

–Ya no más, Khaled –gimió tirándole del pelo con pocas contemplaciones–. Por favor, solo quiero...

Él alzó la cabeza. Su mirada entornada y aquella sonrisa sensual subió la temperatura de su cuerpo a lo más alto.

–Tú piensa en lo excitado que yo he estado durante las últimas cuarenta y ocho horas, Gigi. Esta es mi venganza.

Ella trató de hacer un cálculo mental, pero no le resultó fácil con el cuerpo en llamas y Khaled lamiéndole los pezones.

¿Se estaba refiriendo quizá a la primera vez que la vio?

–Pero...

–*Da*, lo has pillado. Así de básico soy –gruñó él incorporándose y colocándose un preservativo con asombrosa maestría.

La sensación del calor duro de Khaled hundiéndose en su centro húmedo fue tan maravillosa que Gigi estuvo a punto de llorar. Tal vez lo hizo, porque de pronto todo se volvió borroso.

Él no se precipitó, se mantuvo quieto para ella, esperando que sus músculos se relajaran y se acostumbraran a aquella invasión con los ojos clavados en su expresivo rostro.

Entonces empezó a seducir su boca con la suya y Gigi se derritió, alzando las caderas. Khaled se hundió más profundamente.

–Oh...

Podía sentirle muy dentro de ella. Demasiado. Él le frotó el clítoris. Las terminaciones nerviosas de Gigi cantaron.

–Khaled... –sollozó.

–Esa es mi chica –canturreó él.

Se hundió del todo en su cuerpo y ambos gimieron. Khaled fue construyendo aquel glorioso dolor en su cuerpo y ella recibió cada embate. Se movieron juntos como si sus cuerpos estuvieran hechos para aquella danza, y Gigi supo que se moriría si no alcanzaba pronto aquella cumbre. Y Khaled la subió hasta allí, sosteniéndose con las mandíbulas apretadas mientras ella se deshacía.

Entonces volvió a moverse con más fuerza, más profundamente. Ella se le agarró a los hombros mientras le lamía los senos y allí fue otra vez, gritando, sosteniéndose en él. Le temblaron los muslos, tenía la piel húmeda por la transpiración. En esa ocasión Khaled llegó al mismo tiempo que ella, su profundo gemido le habló a su placer antes de caer sobre ella en el colchón.

Gigi le rodeó con sus brazos. Aquello era lo que necesitaba, piel con piel, el peso de su cuerpo anclándola tras la gloriosa devastación.

Cuando Khaled se movió pensó que iba a apartarse, pero lo que hizo fue apoyar el peso en los antebrazos y buscarle la boca con la suya con tanta dulzura que Gigi se sintió asombrada. La miró a los ojos con los párpados pesados, todavía drogados por el placer que se habían dado el uno al otro.

Gigi rodó de costado cuando él se incorporó para quitarse el preservativo y lo miró con los ojos entornados. Se sentía plena, pero no sabía muy bien qué esperar a continuación.

No tenía valor para decir nada que pudiera estropear lo que a ella le resultaba tan íntimo y nuevo.

Así que esperó a que Khaled dijera algo cuando volvió a la cama y se tumbó a su lado. Y entonces él hizo lo perfecto. Sin decir una palabra, la estrechó entre sus brazos.

Gigi se refugió en ellos. Era exactamente donde quería estar. El corazón le latía con fuerza. No debía pensar que aquello significara algo. Era calor animal, se dijo. Era natural que sus cuerpos se abrazaran después de haberse conocido tan bien tan deprisa. Era natural aceptar lo que se le ofrecía: calor corporal, una fugaz sensación de seguridad.

Cerró los ojos y aceptó aquel confort. Se dijo que aquella maravillosa sensación era solo lo natural tras un sexo estupendo. Se dijo muchas tonterías. Pero al final, con la mejilla presionada contra su hombro, sintiendo su calor y solidez, deseó poder quedarse allí toda la noche. Más tiempo. Eternamente. *Vechno*. Ahora conocía la palabra.

Khaled no dijo nada, se limitó a gruñir como si estuviera satisfecho de tenerla donde estaba. Fue el sonido más agradable del mundo, pensó antes de que el sueño se apoderara de ella.

Bien, había pasado la noche con él. ¿Y ahora qué?

Gigi se sentó con el cuerpo deliciosamente dolorido y sacó las piernas por un lado de la cama. Dirigió una mirada al cuerpo de Khaled, que ocupaba casi todo el colchón, y luego se levantó para dirigirse al baño de puntillas.

Bajo la brillante luz parecía que acabara de salir de la secadora. Tenía el pelo revuelto, los ojos adormilados y una sonrisa en la cara que no se le quitaba. También estaba cubierta por el olor de Khaled, y quitárselo no era una prioridad. Se inclinó en el espejo y observó su reflejo con curiosidad.

–¿Qué crees que estás haciendo exactamente, Gisele? –preguntó en voz alta.

Aparte de lo obvio. Se rio y se sacó la lengua. Tenía la boca hinchada y raspaduras de barba por todas partes. Pero cuando se pasó los dedos por la melena enmarañada se sintió increíblemente bien. No hubo nada incómodo la noche anterior, y aunque podía achacarlo a la pericia de Khaled, prefería pensar que había algo que funcionaba entre ellos.

Nunca antes había tenido una aventura sexual de una noche y por lo tanto no podía comparar, pero un profundo instinto femenino le decía que normalmente no era así. Nunca se había sentido tan conectada a alguien ni tan segura como en brazos de Khaled.

Aquello hizo que se le borrara la sonrisa. Había pasado sus años adolescentes con un padre que la había hecho pasar por el aro, literalmente, para conseguir su atención. Nada de lo que hacía le complacía nunca. Pero eso no había impedido que lo intentara una y otra vez, y no necesitaba un psicólogo para saber que tenía miedo de volver a tomar aquel camino tan insatisfactorio en una relación adulta con un hombre.

Seguramente esa fuera la razón de que nunca se hubiera tomado sus anteriores encuentros románticos muy en serio. Era mejor asegurarse de no sentir amor, porque el amor, según su experiencia, era lo más parecido a caerse por las escaleras. En cualquier caso, nunca se había ido a la cama con un hombre al que conociera desde hacía cuarenta y ocho horas.

Estaba frunciéndole el ceño a su reflejo cuando apareció Khaled en la puerta, apoyándose en el quicio con esa gracia muscular tan extraordinaria que había aplicado para hacerle el amor. Desnudo, frotándose el pecho mientras bostezaba, estaba increíblemente guapo con aquel mechón de pelo oscuro cayéndole sobre los ojos.

Gigi trató de no cubrirse. No tenía problemas con la desnudez, había perdido buena parte de su timidez en los primeros meses en L'Oiseau Bleu. Pero era distinto a sentir la mirada ardiente de Khaled, y los pezones se le pusieron visiblemente erectos frente al espejo.

No había dónde esconderse. Pero teniendo en cuenta que el pene de Khaled estaba comportándose del mismo modo, no debería sentirse avergonzada. Sonrió cuando él llegó por detrás y le rodeó los hombros con los brazos.

—¿Haces esto a menudo? ¿Hablar contigo misma en el espejo?

—Solo cuando la persona con la que quiero hablar está dormida en la cama.

Khaled sonrió.

—Lo de anoche fue increíble —le dijo al oído con sinceridad besándola en el cuello, alzando el rostro para encontrarse con sus ojos en el espejo.

Se veían bien juntos. Se complementaban el uno al otro. Él tan moreno y masculino, ella tan esbelta y femenina. Gigi incluso pensó que se veía más guapa aquella mañana, como si todo aquel feliz ejercicio le hubiera proporcionado una especie de brillo.

—Pero, Gigi... —dijo él con expresión muy seria— no soy una buena apuesta si buscas algo más que esto.

Ella tuvo la inteligencia de responder antes de sentirse herida.

—¿Por qué los hombres nunca pronuncian esas palabras antes del sexo, solo después? —sonrió a pesar de que tenía un nudo en el estómago.

Tenía que decir en favor de Khaled que, a pesar de

su obvia incomodidad, no dejó de rodearla con sus brazos, como si no tuviera intención de dejarla marchar.

Pero era un poco prepotente por su parte que diera por seguro que Gigi tenía planes de atraparle. Tenía una vida muy agradable, gracias, y no entraba en sus planes cambiarla por pasar algunas noches de pasión con él en Moscú.

—Seguramente tendría que haberte contado que tengo una regla, la de los diez kilómetros. Solo salgo con hombres que viven a diez kilómetros de Montmartre, en caso contrario se vuelve demasiado complicado. Si la cosa se pone seria podrían querer que me mudara, y eso es algo que no voy a hacer.

Gigi alzó una ceja.

—Así que *yo* no soy una buena apuesta si buscas algo más que esto —aseguró con una sonrisa—. No te preocupes. Consideraremos esto una aventura de fin de semana. Así tú puedes volver a la normalidad y yo también. ¿Te parece?

Khaled la estrechó con más fuerza entre los brazos y frunció el ceño.

—¿Es eso lo que quieres?

Gigi no tenía ni idea de qué quería. Sabía lo que le gustaba. Le gustaba que la rodeara con sus brazos, la cercanía íntima. Pero también sabía que aquel era probablemente el mayor error de su vida. Si lo permitía. Y no iba a hacerlo.

Pero sus palabras de resistencia empezaban a venirse abajo. Porque aunque Khaled dijera una cosa, el cuerpo que la rodeaba decía otra... y ella era muy sensible a su cuerpo.

Tenía que tener cuidado con aquellas señales mezcladas. No quería confundirse. No quería verse pasando por aros para llamar la atención de Khaled. Ya había pasado por aquello.

No, necesitaba agarrarse a su independencia aunque la ahoga. Era completamente capaz de recibir la sofisticación de Khaled con la suya. Sí, eso sería lo que haría.

Alzó la barbilla.

–Sin duda.

Khaled la soltó. Pero le deslizó una mano por la cadera para hundirse entre sus muslos. Las manos fueron seguidas de una oleada de calor y Gigi arqueó impotente su cuerpo contra el suyo. Él le cubrió un seno y le acarició el pezón mientras le daba placer con la otra mano. Gigi giró la cabeza para intentar besarle, pero Khaled controlaba los movimientos, y, cuando le dijo que pusiera las manos sobre la encimera, hizo lo que le decía y entró en ella.

El erotismo del movimiento la pilló desprevenida, y de pronto lo sintió moviéndose en su interior, guiándole las caderas con sus grandes manos. Gigi no pudo pensar, solo sentir. Su cuerpo se había convertido en una vasija para su mutuo placer hasta que ella se deshizo en millones de pedazos y Khaled la siguió.

Gigi se dio la vuelta, torpe y sin equilibrio, sin tener muy claro lo que acababa de pasar. Quería conexión y que la besara.

Khaled curvó la mano en su cuello y ella se estiró para besársela. Por un instante creyó que él se iba a retirar, pero en sus ojos surgió un destello y bajó la cabeza con un gruñido para besarla con todo el romanticismo que Gigi había deseado.

Entonces la tomó en brazos, la llevó a la cama y todo volvió a empezar de nuevo.

Capítulo 14

¿TE HAS vuelto loco?

Khaled pensó en la belleza pelirroja de largas piernas que había dejado menos de una hora atrás durmiendo como una doncella de un cuadro prerrafaelita y pensó que tal vez era así.

Aquel sentimiento de posesión que le invadía era una forma de locura.

Por eso necesitaba salir a correr. Despejarse la cabeza. Dejar algo de espacio entre él y la mujer que había dejado en la cama.

Ahora estaba dando vueltas al parque que había frente a su apartamento con el teléfono en la oreja. La voz de su viejo amigo argentino ponía algo de perspectiva a la situación. Alejandro du Crozier había vivido en sus propias carnes la atención de los medios. Era uno de los jugadores de polo mejor pagados del mundo, y a los paparazzi les encantaba su vida privada.

–La prensa está diciendo que es un secuestro. Espero que la chica valga la pena, amigo.

Khaled frunció el ceño. No estaba dispuesto a hablar de Gigi. Aunque sus acciones hubieran provocado gran parte de lo sucedido, la mujer que había llegado a conocer no se merecía ser el blanco de las falsas historias de la prensa. Y después de lo de la noche anterior no quería discutirlo ni siquiera con Alejandro. Seguramente Gigi se llevaría un disgusto si supiera que iba hablando de ella. No era tan dura como intentaba aparentar. Había una gentileza en su interior que despertaba en Khaled instintos que llevaba toda la vida reprimiendo.

El hecho de que supiera aquello sobre ella no era trascendente. Lo era que le importara. Gigi no se protegía ni fingía ninguna sofisticación. Era sencillamente ella misma. Lo que le hizo saber de pronto a Khaled que era imposible que hubiera participado en los delitos de su padre. Al menos de forma consciente. Había algo en ella que la convertía seguramente en una amiga leal y buena, y que explicaba que su compañera de piso la hubiera estado llamando con tanta insistencia. Estaba claramente preocupada por su bienestar.

Khaled era consciente de que, si alguna vez le sucedía algo, los únicos que lo lamentarían serían sus accionistas. Le gustaba que fuera así. No le gustaba que nadie se sintiera responsable de él. Su madre había renunciado a la oportunidad de una vida de verdad para asegurarse de que él creciera en su pueblo natal. Khaled odiaba saber aquello. Le había perseguido durante toda su vida. Así que tenía mucho cuidado de no alentar relaciones en las que hubiera que hacer sacrificios. De cualquier clase.

Era generoso con las mujeres en las relaciones sexuales. Se aseguraba de que estuvieran contentas, y normalmente lo conseguía gracias al dinero. Del mismo modo que estaba utilizando su riqueza y su influencia para proteger a Gigi de los medios de comunicación. Pero emocionalmente no arriesgaba nada... y por eso su incomodidad respecto a Gigi era como dar un paso en la oscuridad.

Apartó de sí aquellos pensamientos y volvió a dirigir la conversación hacia el deporte antes de colgar con Alejandro y cruzar la calle. Esperaba encontrarse a Gigi despierta, ya vestida y fuera de su alcance.

Estaba subiendo las escaleras cuando le entró una llamada de su abogado en Nalchik.

–Quieren hablar.

Khaled se detuvo sobre sus pasos, incapaz de dar crédito a lo que acababa de escuchar.

–¿Hablar el año que viene o en un futuro próximo?

–Mañana.

Mientras escuchaba lo que le decía su abogado estaba mirando las páginas Web de los periódicos más importantes de Moscú. Todo estaba allí.

Kitaev lleva a cabo una incursión tártara en París.
El oligarca ruso protagoniza una nueva versión del rapto de la novia.

–Los mayores creen que has mostrado respeto por la tradición. Parece que se han creído la historia del «romance del siglo». El truco ha funcionado.

Dos años. ¿Dos años y era eso lo que inclinaba la balanza? Khaled no sabía si reírse o llorar.

–Volaré allí esta noche.

–Tú solo no –dijo el abogado–. Tienes que llevarte a esa mujer.

Algo afilado, caliente y completamente violento le atravesó durante un instante.

–«Esa mujer» tiene nombre –gruñó.

–La señorita Valente –Khaled escuchó cómo el otro hombre tragaba saliva–. Es aconsejable, dado que parece que ella es la que ha hecho cambiar el voto.

Lo que significaba que Gigi no iba a regresar todavía a casa.

Khaled exhaló el aire con fuerza, volvió a guardar el móvil en el bolsillo y se dirigió directamente al vestíbulo. Abrió la puerta, sorprendido de lo bien que se sentía. Por fin había conseguido poner las manos en la carretera.

Gigi no estaba en la cama. Estaba sentada en un lado subiéndose un par de medias por las piernas. Aquellas increíbles piernas de bailarina. Los ojos de Khaled las siguieron hasta las braguitas de algodón blanco, que sin saber cómo le afectaron más que el tanga brillante de la noche anterior.

Ella alzó la vista cuando la puerta crujió en los goznes. Khaled se quitó la camiseta por la cabeza, luego los pantalones de chándal y los calzoncillos y empujó suavemente a Gigi sobre el colchón.

–¡Khaled! –gritó ella riéndose.

–Gigi.

Prendió la boca en la suya y se le colocó encima. Le quitó la camiseta por la cabeza y la melena de Gigi se extendió por todas partes.

–¿Nunca llevas sujetador? –gruñó como si fuera una queja... o una súplica.

Gigi abrió los labios para hablar, pero la boca de Khaled llegó primero. Luego empezó a hacerle el amor hasta que ella le rodeó el cuerpo con las piernas soltando grititos de felicidad.

Gigi seguía jadeando cuando Khaled colapsó y hundió el rostro en su maravillosa melena de seda, inhalando su aroma. Podría volver a repetirlo una y otra vez. Pero tenía un propósito y no debía distraerse.

Se sentó y miró a su alrededor. Gigi le observó con los ojos ligeramente vidriosos. Despertarse y encontrarse sola no había sido la mejor de las sensaciones, pero intentó ser pragmática al respecto dada la conversación que tuvieron en el baño. Le iba a resultar difícil agarrarse a aquel pragmatismo si Khaled continuaba insistiendo en hacer aquello cada vez que le venía en gana.

Para asombro de Gigi, se dio la vuelta y empezó a revolver en el cajón de la mesilla.

¿Más preservativos? ¿Otra vez?

Gigi se sorprendió un poco al descubrir que su cuerpo, maravillosamente dolorido, estaba de acuerdo.

Pero, tras unos instantes, Khaled sacó el cajón y lo vació sobre la cama. Gigi se incorporó.

–¿Qué diablos estás haciendo?

–Buscar tu pasaporte.

Gigi se quedó helada. No pensó... actuó. Agarró una almohada y le golpeó con fuerza la espalda con ella. Era como usar una pluma para castigar a un búfalo.

–Eh –dijo él medio sonriendo–. ¿A qué viene esto?

–¡Ya iba siendo hora! –le espetó ella levantándose de la cama y dirigiéndose al baño. Cerró de un portazo y echó el pestillo.

Khaled llamó con fuerza a la puerta.

–No voy a salir.

–Gigi...

Khaled no parecía enfadado. Ni siquiera intentó abrir. Gigi esperó unos minutos. Nada. Abrió la puerta con cautela y lo encontró metiendo ropa en una bolsa de viaje. Ella agarró sus pantalones grises nuevos, que había dejado en el suelo la noche anterior, y se los arrojó. Con fuerza.

–Mira en los bolsillos.

Khaled sacó el pasaporte y se lo lanzó.

–Habrá un control en la frontera... lo vas a necesitar.

Gigi se quedó allí de pie. El corazón le latía con fuerza. ¿No la estaba enviando de vuelta a casa?

–Necesitas preparar una bolsa de viaje, Gigi.

Ella se cruzó de brazos.

–No he accedido a ir más lejos de aquí contigo, Khaled. Tengo que volver a casa... me juego el trabajo.

–Tu trabajo no corre peligro. Yo soy el jefe, ¿recuerdas?

–¿Por cuánto tiempo? –no era su intención preguntar, pero ahora que estaban teniendo aquella conversación su intención era averiguarlo.

–El suficiente como para que hagas una bolsa de

viaje y vengas conmigo ahora. Escucha, yo me encargo de eso. No tienes que preocuparte por tu trabajo, *malenki*. Ven conmigo ahora y cuando volvamos buscaremos una solución.

–No hagas eso –le soltó Gigi–. No pretendas que estoy contigo por lo que puedes hacer por mí. No te he pedido nada relacionado con el cabaret desde que salimos de París. No se trata de eso. No permitiré que conviertas esto en algo que no es.

Khaled se quedó quieto.

–¿Y entonces qué es, Gigi?

–Sexo estupendo –susurró ella sintiendo un dolor en el pecho–. Creí que eso era lo que habíamos acordado. No puedes cambiar las normas ahora.

Esperó a que dijera que no lo había hecho, que no esperaba nada en el futuro, que no quería intentar algo que exigiera un poco más de compromiso. Entonces ella podría decirle que no estaba interesada, que le iba bien con lo que tenían. Aunque tal vez una noche fuera suficiente, porque no estaba segura de que su corazón pudiera sobrevivir a más noches y días sabiendo que entre ellos no había futuro.

Aunque la última parte no la diría porque parecería una tonta.

–Entonces, ¿ya no soy un sexo estupendo? –el tono de Khaled sonaba sorprendentemente amable.

A Gigi se le encogió el corazón, porque estaba tratando de hacerla sonreír, intentando recular un poco. Y eso suponía un alivio, porque estaban entrando en un territorio que no les convenía a ninguno.

–Bueno, eres...

«No lo ha dicho para que le contestes, era una pregunta retórica».

–Creo que ya sabes que sí lo eres –Gigi frunció el ceño. Estaba liando las cosas–. Lo que quiero decir es que no era mi intención reducirte a algo físico. No es que yo salga por ahí todas las noches con hombres que beben champán en mis zapatos de tacón o algo parecido.

«Eso es, Gisele... impresiónale con tu vida de corista. Háblale de la labor de punto que estás haciendo, eso pondrá punto y final a esto».

—Me sorprendes —le dijo Khaled con un tono tan calmado que Gigi pensó que podría estar riéndose de ella otra vez. Pero cuando le miró de reojo se dio cuenta de que no era así en absoluto.

Y de pronto se le ocurrió.

—¿No quieres que me vaya? A casa, me refiero.

Khaled dijo algo en ruso en tono exasperado y Gigi se quedó donde estaba mientras él se le acercaba, le tomaba el rostro entre las manos y la miraba.

La miraba de verdad.

Gigi se perdió en sus ojos oscuros.

—Tengo que ir al sur por trabajo, Gigi.

Y entonces la besó. Y aunque ella pensaba que ya la había besado y ella le había besado a él de un modo inimaginable, eso fue tan romántico, tan pleno, con las manos de Khaled en su pelo, que le resultó nuevo. Como si fuera la primera vez. No solo entre ellos, sino como si fuera el primer beso de su vida.

Gigi abrió los ojos y se lo encontró mirándola, como si el beso también le hubiera impresionado a él.

—Los habitantes del pueblo de mi madre son indígenas de la región de Kabardino-Balkaria, en las montañas del norte del Cáucaso.

Khaled hablaba con una sinceridad tranquila que la atravesó como una promesa.

—Te cuento esto porque tengo un refugio allí, a los pies del monte Elbrús. Podemos estar solos un par de días. Sin trabajo y sin interrupciones —Khaled le dirigió una sonrisa—. Sexo estupendo.

Entonces se puso serio.

–Quiero enseñarte de dónde vengo. Lo que me importa. Concédeme ese tiempo.

Más tiempo para profundizar más en aquello. Para perder la habilidad de encontrar la salida. Las siguientes palabras de Khaled no le alegraron el corazón como debían haber hecho.

–Luego prometo llevarte de regreso a París.

Khaled no le había contado que sería así.

Gigi estaba tumbada en un catre de piel de marmota entre los fuertes brazos de Khaled, observando la luna y las estrellas a través de su propio observatorio privado.

–¿Por qué la gente me miraba hoy fijamente en el pueblo?

–Eres una criatura exótica que he atrapado con mi red.

Gigi frunció el ceño.

–¿Por lo que han dicho en los periódicos de Moscú sobre que soy corista? Supongo que este es un lugar muy conservador –alzó la cabeza y le miró con ansiedad–. No voy a meterte en ningún lío, ¿verdad?

Khaled guardó silencio y luego habló con un tono profundo y adormilado. Gigi quiso pensar que nunca le había hablado así a ninguna mujer del mundo, y que aquella voz era solo para ella.

–Otros hombres intentarán atraerte... eso será todo.

–Si lo hacen con tartas no puedo prometer que no vaya.

–Esa es mi chica.

Gigi le miró con suspicacia.

–Creo que podrías haberme dejado perfectamente en París.

–¿Sí?

–Sí. Creo que no corría ningún peligro. Está claro que buscabas una excusa para actuar como un macho ruso. Cargarme al hombro como una presa y llevarme contigo.

Khaled le puso la boca en la oreja.

–Me has pillado.

Gigi sonrió. Había sido así desde que dejaron Moscú y volaron a Nalchik dos días atrás, y luego condujeron durante muchos kilómetros por una carretera llena de baches en un paisaje que la había dejado sin respiración. Valles profundos, altas montañas coronadas por picos nevados... en una ocasión tuvieron que detenerse para que los ciervos monteses cruzaran la carretera.

Khaled la llevó cuando se hizo de noche a un desfiladero sembrado de altas fortalezas de piedra. Khaled le había dicho que había reformado la que ocupaban ahora, que tenía seis plantas. Ahora estaban en la planta superior con su techo de cristal y vistas panorámicas.

Khaled la había arrojado sobre aquel camastro lleno de pieles de marmota, le había quitado la ropa y luego se había desnudado como un hombre poseído, haciéndole luego el amor con tanta ferocidad y ternura que Gigi no podía evitar sentirse un poco ida.

Después de todo había tenido aquel gesto tan romántico de llevarla allí.

–Nunca había traído a ninguna mujer aquí antes.

De acuerdo. Ahora tenía toda su atención.

–¿Y eso? –preguntó Gigi tratando de sonar despreocupada.

–¿Umm?

Gigi le miró con el ceño fruncido y se preguntó si no estaría actuando como una de aquellas cabras montesas que había visto el día anterior tratando de llamar la atención del macho, corcoveando y lanzando nubes de polvo al aire para que captara el mensaje.

—¿Por qué no has traído a ninguna novia aquí nunca?
—No he tenido ninguna novia que traer.
Ella puso los ojos en blanco.
—Vale. ¿Y qué me dices de Alexandra Dashkova?
—¿Quién?
—Salió de una alfombra que se desenrolló delante de ti.
—¿Ah, sí?
—Las otras bailarinas estaban hablando de ella —insistió Gigi. No tenía intención de dejar el tema.
—La he visto algunas veces en actos sociales. No nos conocemos íntimamente.
Gigi no supo por qué, pero algo que le estaba pesando en el pecho sin que ella se diera siquiera cuenta de pronto desapareció.
—Supongo que la gente escribe toda clase de tonterías respecto a ti. Tendría que habérmelo imaginado.
—Algunas de esas tonterías no me importan. La verdad es que ninguna de las mujeres con las que he tenido relación son la clase de persona que traería aquí.
Allí había mucha tela que cortar, así que Gigi continuó.
—¿Demasiado glamurosas?
Khaled gruñó algo entre dientes, lo que le hizo pensar a Gigi que había acertado.
—Entonces, ¿yo soy del tipo montañera?
—No te veo muy de actividades al aire libre, Gigi.
—Ah, pues lo soy. Solo que nunca antes había subido una montaña.
—Siempre hay una primera vez para todo.

Capítulo 15

KHALED le enseñó cascadas donde el agua era cristalina y le hizo el amor en un arroyo caliente cuyas aguas minerales tenían fama de curar todo tipo de dolores.

Habían subido lo suficientemente alto como para encontrar cabras montesas pastando en un prado de hierba, y Khaled le habló de su infancia, cuando trabajaba cuidando el ganado de su padrastro. De su perro, su navaja y de los animales salvajes con los que se había encontrado.

Le habló de la amenaza de los cazadores furtivos, que habían estado a punto de acabar con la población de bisontes. La llevó a lo alto del Monte Elbrús en helicóptero y le mostró la zona en la que su empresa iba a construir un resort utilizando módulos ecológicos hechos en Dinamarca.

–Cuanto más turismo ecológico atraigamos a la región, más posibilidades tendremos de echar a los cazadores furtivos.

Gigi entendía su compromiso con la naturaleza. Cómo lo compaginaba con las petroleras en las que había hecho su fortuna. Y tenía sentido que diversificara al tiempo que se apartaba de una industria tan agresiva para el planeta. Resultaba imposible crecer en aquel lugar y no preocuparse por mantenerlo vivo.

Ahora sabía que era un hombre extraordinario que no tenía nada que ver con el devorador de coristas que todo París pensaba que era. Era su amante, y quería pensar que también su amigo. Y más le valía quedarse con lo último.

Tal vez cuando todo aquello acabara podría seguir conservándolo como amigo.

Pero eso era poco probable. El dolor que Gigi sentiría cuando terminara iba a ser muy intenso. Ahora tenían una relación sexual y de ahí no se podía dar marcha atrás.

Nadie vivía en ese mundo. Y ella tampoco quería hacerlo.

Se dirigieron a la furgoneta. Era por la tarde y todo estaba bañado en una luz centelleante. Resultaba difícil creer que aquel hubiera sido alguna vez un sitio oscuro para Khaled.

Pero lo fue, y Gigi no quería ignorarlo. Él no había olvidado sus pobres y dañados pies.

Se giró para mirar sus bellas facciones.

–¿Cuántos años tenías cuando te fuiste de aquí?

Khaled la miró y a Gigi le empezó a latir el corazón con fuerza. Parecía... sorprendido, y luego pensativo.

–¿Te acuerdas de la autopista por la que hemos venido? Cuando tenía quince años metí mis cosas en un saco e hice autoestop hasta Nalchik.

–¿Por trabajo?

–Se podría decir que sí. Trabajé para el jefe de la mafia local.

–Oh –murmuró Gigi.

–Bienvenida a la Rusia del siglo XXI, *malenki*.

–Supongo que te iría bien ahí, ¿no?

–Lo suficiente como para empezar a vender productos del mercado negro en un mercadillo local.

–Y supongo que en eso también te iría bien.

–Lo suficiente para invertir con un amigo en una empresa. Luego hice el servicio militar. Y después me mudé a Moscú.

Khaled se cruzó de brazos con las mangas subidas a

la altura de los codos. Tenía un aspecto tan profundamente masculino cuando miró hacia el valle que los rodeaba que Gigi se quedó sin aliento.

–En Internet no se dice nada de todo eso.

Khaled la miró con cierto desconcierto, pero con cariño.

–No me dedico a publicarlo, Gisele.

No, pero se lo había contado a ella.

–¿Por qué te fuiste de aquí cuando tenías quince años, si está claro que llevas este lugar en la sangre?

Lo que quedaba de la sonrisa de Khaled se transformó en algo que Gigi ya había visto en su rostro cuando hablaban de su pasado, pero que no había llegado a entender.

–Si me hubiera quedado le habría matado.

–¿A tu padrastro?

–Yo era lo bastante grande ya entonces. Y estaba muy enfadado. También tenía la habilidad para hacerlo. Él me había enseñado a seguir la pista de un animal y matarlo de forma limpia sin dejar huella.

Gigi no dijo nada porque ahora lo entendía todo.

–Me enseñó todo lo que tenía que saber a esa edad sobre ser un hombre. Y ahí está el truco. Era un hombre sin honor, pero me enseñó nuestro código del mismo modo que el ejército me enseñó a montar y desmontar un rifle en la oscuridad. Y gracias a eso pudo vivir un poco más antes de que el cáncer se lo llevara, y ahora tengo que vivir con la pregunta que me hago todos los días. ¿Tomé la decisión correcta?

–Por supuesto que sí –Gigi giró la cara, que tenía llena de lágrimas–. Solo eras un niño. Hiciste lo correcto y sobreviviste.

–¿No te he conmocionado con esto? –le preguntó. Y Gigi vio la tensión detrás de su mirada.

Le importaba lo que pensara de él.

–Lo único que me conmociona de esta historia es cómo te has convertido en el hombre que eres. Un hombre bueno, amable y decente.

Khaled parpadeó, como si sus palabras no tuvieran ningún sentido para él.

–Nunca te había visto llorar –dijo como si eso fuera lo extraño, y no el hecho de que él hubiera sobrevivido como lo hizo.

–Solo lloro cuando hay motivo –respondió Gigi secándose los ojos.

Khaled le tomó el rostro entre las manos y la besó. Dulcemente al principio, luego con pasión, y después se quedaron abrazados el uno al otro dentro de la furgoneta.

Él le acarició el pelo.

–¿Qué voy a hacer contigo, Gisele?

–No lo sé –murmuró ella contra su cuello, consciente de que Khaled le había hablado demasiado de sí mismo los últimos días y seguramente se sentiría incómodo al respecto.

En aquel momento sonó el móvil y Gigi lo sacó. Como esperaba, era un mensaje de texto de Lulu.

Lo había enviado el día anterior, pero el Internet de la zona no era muy bueno.

Danton despedidos. Teatro cerrado. Pensé que debías saberlo.

Gigi no hizo nada durante un instante. Luego Khaled le tomó la mano con la suya y agarró el móvil. Ni siquiera miró el mensaje. Solo la miró a los ojos.

Ella se echó hacia atrás.

–¿Por qué has despedido a los Danton como gerentes?

Khaled apoyó las manos en las caderas.

–Los Danton son unos incapaces.

–¿Y eso es todo? ¿No vas a decir nada más?

Khaled se encogió de hombros. Gigi sacudió la cabeza, confundida ante su negativa de considerar la importancia de la situación. ¿No le importaba lo que ella sintiera?

Khaled la observaba muy de cerca, y Gigi tuvo la extraña sensación de que aquello era una prueba.

–He cerrado el teatro para reformarlo, no para venderlo. Es lo que tú querías.

El único sonido que se escuchaba era el viento entre los árboles.

–¿No lo vas a vender? –Gigi se atrevió a acercarse un poco más.

–Lo único que he escuchado es lo importante que ese lugar es para ti... ¿por qué iba a venderlo?

Gigi se colocó las manos en los costados, porque de pronto sintió como un tirón bajo las costillas.

–Lo volveré a abrir dentro de seis meses. Quiero que tú seas la gerente.

–¿Qué?

–Ya me has oído.

Gigi se sintió de pronto aterrorizada. Se dio la vuelta, abrió la puerta de la furgoneta y entró cerrando de un portazo tras ella. Allí dentro trató de encontrarle sentido a lo que acababa de suceder.

Khaled se tomó su tiempo para dar la vuelta y luego entró también. Bajó la ventanilla y apoyó el codo en el saliente antes de decir con tono decidido:

–Tú tienes la pasión, la visión... incluso las habilidades. Con la gente adecuada detrás, no entiendo por qué no ibas a triunfar.

–¿Qué habilidades? Soy bailarina, Khaled, no una mujer de negocios. Pensé que lo tenías claro.

–Imaginación, coraje, decisión. Yo te contrataría si no tuviéramos una relación.

–¡Me estás contratando! –el proceso mental de Gigi se detuvo en seco y rebobinó–. Espera, ¿acabas de decir que tenemos una relación?

–Eso hace que las cosas sean un poco... turbias. Huele a nepotismo, y sé que eso te incomoda –Khaled miró hacia el desfiladero que tenían debajo–. Pero a veces las mejores cosas surgen de las semillas más inesperadas, Gigi.

Ella estaba ocupada intentando entender lo que le estaba diciendo. Era como estar atada en un tablero circular mientras alguien le lanzaba cuchillos, como hacía a los catorce años. Solo que algunos cuchillos se habían convertido en ramos de flores.

–Pero... ¿y si lo hago mal?

–Te sustituiré –Khaled clavó ahora en ella sus oscuros ojos y adquirió una expresión seria–. Esta es una decisión auténticamente empresarial, Gigi. No tiene nada que ver con que seas preciosa ni con lo increíble que eres en la cama.

¿Era preciosa e increíble en la cama? Gigi apartó aquel pensamiento para centrarse en el momento. Y se sintió mal, porque Khaled no sabía algo sobre ella que hacía que todo aquello fuera imposible.

Aunque lo averiguaría pronto. Alguien protestaría de su ascenso y entonces saldrían todas las historias antiguas. No haría falta escarbar mucho. Carlos Valente, el artista de poca monta, y su hija bailarina.

Gigi no sabía qué había en Internet. Nunca había querido mirar. Pero se imaginaba que habría algún registro de periódicos británicos antiguos. Y en cuanto Khaled descubriera la verdad, la miraría con otros ojos. Y no podía culparle. No se podía permitir que alguien como ella se hiciera cargo de un trabajo así. Era un puesto de confianza. En cuanto algo saliera mal, la señalaría con un dedo acusador.

Gigi entró en pánico. Se le subió el corazón a la garganta. Quería salir del coche. Pero cuando miró la manija de la puerta supo que no iba a huir de aquello.

–Hay algo que tienes que saber, Khaled.

Se puso las manos en el regazo y empezó a contarle en voz baja lo de su padre, sus robos por todo el país y cómo le habían pillado una noche en una discoteca del Soho.

Khaled no decía nada, le dejó soltarlo todo.

Gigi le contó que ella había sido arrestada, arrojada a una celda, interrogada y que por fin pudo salir bajo fianza. Nueve meses después fue exonerada y a su padre le suspendieron la condena. Le contó que una de las razones por las que se fue a París se debió a que ningún teatro inglés quería contratarla.

–Me gusta más la otra historia, la de que mi madre fuera corista –se mordió el labio inferior–. Pero no empezó así. No sé si alguna vez habría tenido el valor de intentarlo en L'Oiseau Bleu si no me hubiera resultado imposible conseguir un trabajo en Londres. Ni siquiera Lulu conoce la historia real. No soy tan valiente como tú crees.

Khaled estaba mirando al otro lado del desfiladero con expresión impávida.

–No te montaré un lío si me dices que has cambiado de opinión –murmuró Gigi con voz ronca.

Por toda respuesta, Khaled encendió el motor.

–No voy a cambiar de opinión.

–¿Te fías de mí?

–¿De una mujer que tiene una navaja en mi arteria carótida? ¿Por qué no vivir peligrosamente?

Gigi se rio nerviosa, pero realmente estaba preocupada por el primer pase de la navaja. Khaled había insistido en que una versión eléctrica no serviría para acabar con su barba, y le había dado aquella navaja de afeitar cuando regresaron de la montaña. Luego se pasó media hora explicándole el procedimiento.

Estaban en el prado que había debajo de la torre, Khaled sentado en un taburete de pescador y Gigi de pie con una toalla al hombro, un barreño de agua caliente y la navaja de afeitar en la mano.

–¿Nunca antes has afeitado a ningún hombre? –le preguntó él.

–Nunca me había surgido la oportunidad.

De hecho, nunca había vivido con ningún hombre, y su exnovio utilizaba maquinilla eléctrica. Sinceramente, ninguno de los chicos con los que había salido tenía tanto pelo como Khaled.

–Eso me convierte en tu primer hombre –dijo él con satisfacción.

–Sí, Khaled –Gigi decidió darle aquella satisfacción–. Eres el primero.

Él se rio entre dientes.

–Treinta grados hacia la piel... perpendicular al borde –murmuró Gigi. Y luego hizo la primera pasada, subiéndole la cuchilla por la garganta. Por suerte solo recogió pelo enjabonado y nada de sangre. Por el momento–. Sigo pensando que tendrías que haber ido al barbero.

Cuando por fin terminó, Khaled se levantó y metió la cara en el barreño de agua fría, levantando luego la cabeza como un animal salvaje.

Gigi le miró asombrada. Estaba viendo a un hombre al que solo reconocía a medias. Durante unos segundos se puso nerviosa, probablemente debido al sueño que tenía desde que llegó a aquel extraño lugar. En el sueño se despertaba en la habitación vacía de una torre. Gritaba y gritaba y, cuando finalmente Khaled subía las escaleras, era un hombre diferente.

Una tontería. Gigi se rio avergonzada y se acercó a acariciar su mandíbula lisa. Khaled le sonrió. Era realmente él aunque nunca le hubiera visto así. La barba había desaparecido, pero también algo más... el velo de sus ojos. Y estaba espectacular. Si había pensado que se lo encontraría más vulnerable, se equivocaba. Los planos de los pómulos y las mandíbulas quedaban completamente visibles, y las líneas sutiles de los labios y la fuerza de la barbilla le otorgaban solidez.

Gigi entendía ahora por qué se había agarrado a la idea de «solo sexo», lanzándosela constantemente como un escudo para evitar que Khaled se acercara demasiado a la verdad. O quizá para mantener sus propios sentimientos a raya. Había intentado por todos los medios tomarse el asunto «como un hombre», pero al final era una mujer sin un gran historial de relaciones intentando encontrar la manera de estar con aquel hombre. Con aquel hombre grande, duro y complicado.

–¿Qué ocurre, Gigi?

–Me he dejado un poco en el labio superior –dijo ella precipitadamente.

Intentó evitar que le temblara la mano, porque no quería acabar con la vida del único hombre con el que se imaginaba pasando el resto de su vida. Gigi deslizó con cuidado la cuchilla por la línea de su labio.

Ya estaba terminado. Estaba completamente afeitado, y de pronto Gigi fue consciente de que la estaba mirando como si supiera que lo que estaba a punto de decirle le iba a hacer daño. Gigi quiso evitarlo, pero no pudo. No pudo hacer otra cosa más que mirarle mientras Khaled decía:

–Hay algo que tienes que saber, Gigi.

Fue la confesión que le había hecho por la tarde la que hizo añicos la decisión de Khaled de ocultarle los hechos. Si no se lo contaba y Gigi se enteraba por otro lado podría empezar a odiarle... y no quería que eso pasara. Con ella no. La miró.

–¿Te acuerdas del resort que mi empresa va a construir en Monte Elbrús? Necesita una carretera y ha habido algunos problemas con los permisos. A la gente no le gusta la idea.

–La gente de aquí parece muy amistosa.

–La carretera atraviesa una zona de pasto tradicional. Aquí no se puede construir nada nuevo sin la aprobación del clan.

–¿Y cómo vas a conseguirla?

–Ahí es donde entras tú –Khaled sabía que le iba a hacer daño–. El día que te traje aquí había recibido por la mañana una llamada diciéndome que los mayores del clan estaban dispuestos a hablar.

Gigi seguía con la navaja en la mano y asentía mientras él hablaba.

–Unas semanas antes había hablado con el jefe del clan. Quería saber por qué no tenía una casa aquí, por qué no estaba casado, dónde estaban mis hijos...

Gigi le miraba con interés.

–Y me dijo que si respetaba sus costumbres se sentarían a hablar conmigo.

–¿Y cuándo voy a conocer a tu mujer y a tus hijos? –ella se rio nerviosa.

–Eres tú, Gigi. Tú eres la costumbre que he respetado. Los periódicos de Moscú dicen que te he raptado de un escenario de París. Los mayores han dado su aprobación.

Una repentina ráfaga de viento agitó la hierba que los rodeaba y a Gigi se le salió volando la toalla que llevaba al hombro. Ella no se movió.

–¿Me has traído aquí para conseguir el permiso de construir la carretera? –la voz le sonó casi hueca.

–Te he traído aquí porque quería estar contigo –afirmó Khaled con convicción, porque ahora sabía que era cierto–. Y porque me convenía para la carretera. Pero no sabía que este iba a ser el resultado.

–Pero una vez que lo supiste seguiste adelante sin decirme nada.

–No sabía que fuera tan importante, Gigi.

Ella le clavó la mirada.

–Hice mal –Khaled hizo un gesto para acercarse, pero Gigi se apartó–. Nunca debí traerte aquí.

Pero Gigi no le escuchaba. Había salido corriendo. Corrió por la loma casi sin aliento. Habría seguido corriendo de tener opción, pero no había dónde ir. Estaba atrapada en un país desconocido y salvaje con un hombre más salvaje todavía.

Del que estaba enamorada.

Esperó a un lado de la colina hasta que vio que Khaled se marchaba antes de volver. Entonces, una vez dentro, cuando estaba guardando sus escasas pertenencias, empezó a escocerle la mano y cuando la abrió descubrió que tenía un tajo rojo que le cruzaba la palma por haber sostenido con fuerza la navaja.

Le había preocupado tanto no cortar a Khaled que al final fue ella quien resultó dañada. Estaba demasiado cegada por sus propios sentimientos y por lo que pensaba que eran los auténticos sentimientos del hombre que tenía delante como para darse cuenta.

Había sido él quien le hizo sangre a ella.

Khaled apenas había llegado al pueblo cuando se dio cuenta de que no podía hacerlo.

Apagó el motor y se quedó sentado en la furgoneta, mirando hacia los tejados planos y las carreteras llenas de curvas del paso de montaña en el que se había criado.

Si entraba en el salón comunitario habría algunas posturas de macho y luego conseguiría las firmas que necesitaba. Pero durante el resto de su vida seguiría viendo cómo la confianza de Gigi se desmoronaba ante él.

Tendría que encontrar otra manera. Arrancó la furgoneta, le dio la vuelta y se dirigió colina abajo. No sabía lo que quería con Gigi, pero sabía que no era eso. Fue entonces cuando salió de la furgoneta y miró hacia arriba. La parte superior de la torre captaba los últimos rayos de sol de la tarde. Experimentó una sensación incómoda. Miró hacia el patio y se quedó paralizado.

No estaba el todoterreno.

A Khaled le daba vueltas la cabeza. Su padrastro había utilizado el amor como un arma, y como cualquier arma, debilitaba a un hombre, le hacía presa de lo peor de su naturaleza cuando las cosas no salían bien. Cuando fue adulto, Khaled llevaba solo un rifle cuando salía de caza, una situación en la que tenía un propósito, y nunca había disparado sin contar con el conocimiento de todas las variables. No infligía sufrimiento innecesario a los animales. Todo lo que hacía en la vida tenía una causa moral y suponía una elección.

Él no era como su padrastro, se dijo. No utilizaba la crueldad contra los demás. Tomaba las decisiones correctas. Hasta que apareció Gigi. Nada relacionado con ella le había parecido nunca una elección. Aquel sentimiento era inexplicable para él porque nunca le había sucedido antes. No sabía qué hacer al respecto.

Y mientras atravesaba el aeropuerto de Nalchik apartando a los miembros de seguridad mientras se abría camino hacia la sala de espera de pasajeros, fue consciente de que ya no tenía el control.

Gigi estaba embutida en una chaqueta enorme en la sala de espera, mirando hacia las luces parpadeantes de un avión que no despegaba.

Una hora. No estaba segura de cómo podría soportar aquella espera, así que se lo tomó minuto a minuto. Se sentía vulnerable y sola, era la única mujer que podía ver alrededor, sin equipaje ni dinero, solo con el pasaporte y el billete que le había conseguido Lulu.

La situación era muy distinta a como había llegado allí, envuelta en el lujo del mundo de Khaled y confiada. Se subió las rodillas a la barbilla, agradecida de que los vaqueros le mantuvieran las piernas calientes. Miró a su alrededor y captó la mirada de dos hombres que estaban sentados cerca. No estaban allí cinco minutos antes. Se acercaron más a ella.

Gigi se dijo que no debía ser paranoica, pero se rodeó las rodillas con algo más de fuerza. Estaba perfectamente a salvo.

Se escuchó un anuncio en ruso por megafonía. ¿Cómo iba a saber cuándo despegaría su avión? Hundió el rostro entre las rodillas. Se escucharon unos pasos acercándose mucho y luego se detuvieron. Gigi se forzó a levantar la cabeza para mirar.

Khaled estaba allí frente a ella, vestido con vaqueros y chaqueta. Medía el doble que los hombres que la habían estado mirando. Era un muro que nadie podría atravesar. Esa debía de ser la razón por la que experimentó aquella oleada de alivio. Ahora que Khaled estaba allí, nada malo podría ocurrirle.

Mientras le surgía aquel pensamiento, una grieta irrumpió en su lógica. Khaled *era* lo malo que podía ocurrirle.

–Gigi –dijo él. Ella sintió el impulso de saltar del asiento y lanzarse a sus brazos. Pero no lo haría. Ya no.

Khaled era un mentiroso. Le había mentido, la había utilizado. Solo le importaban sus negocios. ¿Qué le había dicho respecto al cabaret? «Te sustituiré». Solo la mantendría en el puesto mientras le resultara rentable.

–He estado fuera de mí –confesó Khaled–. Llegué a casa y vi que el todoterreno ya no estaba. Luego recibí una llamada de la embajada francesa pidiéndome que me presentara mañana en su consulado en Moscú para un tema relacionado con una persona de nacionalidad irlandesa actualmente residente en Francia. Esa tienes que ser tú, Gigi.

Parecía enfadado, pero mantenía la rabia a raya. Y Gigi captó también en él una especie de perplejidad. Aunque fuera una locura, una parte de ella sentía el deseo de tomarle de la mano. Era lo que había estado haciendo durante las últimas dos semanas. Pero ya no era posible. Tenía frío y estaba cansada y harta de que su cabeza diera vueltas en círculo.

–Lulu –dijo con voz ronca–. La llamé para que me sacara el billete. Y su padrastro...

–Es un oficial del gobierno francés, eso he sabido. Así que ahora debo llevarte a casa y devolverte a tus amigos.

–No, eso no es lo que quiero –Gigi se puso de pie de un salto–. Puedo ir a casa por mis propios medios. No necesito que sigas organizándome las cosas.

–Pero yo quiero hacerlo.

–¿Tú quieres hacerlo? –Gigi estaba tan furiosa que apenas podía mirarle–. Eso es lo único que te importa, lo que tú quieres. ¿Y qué pasa conmigo, con lo que quiero yo?

–Tienes lo que querías, Gigi. L'Oiseau Bleu.

Si le hubiera pegado un puñetazo no se habría quedado más perpleja. Pero de pronto fue capaz de mirarle a los ojos. Y entonces alzó la barbilla, porque había aprendido en la escuela de Carlos Valente que una no dejaba de recibir golpes hasta que ya no podía levantarse más.

–Tú sabías que me estaba enamorando de ti. No creo que estés tan ciego como para no verlo. Utilizaste mis sentimientos contra mí para tus propios fines, y lo más gracioso es que yo te habría ayudado si me lo hubieras pedido. Pero no lo hiciste.

–Tú no me amas, Gigi. «Amor» es solo otra palabra para el miedo.

–¿Crees que tengo miedo? ¿Crees que me estoy escondiendo detrás del cabaret?

–No quieres hacer una prueba para el Lido, y por lo que yo sé, es el cabaret más prestigioso de la ciudad. ¿Por qué es eso, Gigi?

–¡Porque soy leal! –exclamó ella–. Algo que al parecer tú no has tenido en cuenta.

–¿Leal? Estás asustada. Y te estás engañando a ti misma. Esto siempre ha girado en torno a lo que yo podía hacer por ti.

–No.

–Demuéstramelo –la retó Khaled–. Toma la decisión. El trabajo o yo.

De pronto Gigi deseó que fuera el malnacido multimillonario que fingía ser. Pero ahora sabía que no era así, conocía muchas cosas de él. Sabía lo suficiente como para sentir que las piernas le temblaban bajo el peso de lo que le estaba haciendo. Porque si ella le importara no pondría a prueba su amor. Gigi no le había pedido que la amara también. No le había pedido nada. Así que le miró con tristeza y sacudió la cabeza.

–Quiero el trabajo –dijo tragando saliva para pasar el nudo que tenía en la garganta.

Entonces vio el destello de satisfacción en su rostro y supo que al menos su instinto no la había engañado.

–Porque no hay elección –dijo casi como para sí misma–. No me has dado opción.

Cuando se dio la vuelta, Khaled trató de quitarle la bolsa de viaje. Durante un instante le pareció que iba a impedirle marcharse. Y deseó por un momento que así fuera. Pero entonces vio que solo quería pasársela a su guardaespaldas, que había estado cerca todo el rato. Gigi estaba tan enfrascada en su tristeza que ni siquiera se había dado cuenta.

–Grisha va a volar contigo a Moscú. Fin de la discusión.

Gigi no discutió. ¿Qué sentido tenía si él iba a ganar de todas maneras? Y de pronto sintió como si tuviera de nuevo doce años y fuera capaz de dar aquel doble salto mortal. Carlos se sentiría tan orgulloso de ella que tendría que quererla. O eso pensaba. «Mi hija va a ser la estrella del espectáculo», decía sin parar. Pero cuando se rompió la clavícula y no pudo hacer el número no fue Carlos quien se sentó a su lado mientras ella lloraba asustada en el hospital. El espectáculo debía continuar, y ella estuvo completamente sola. Como estaba ahora.

No se permitió volver a sentir hasta que el avión estuvo en el aire. Ya no le quedaban trucos que pudiera hacer. Lo único que podía intentar era caer sin romperse ningún hueso.

Khaled regresó a Moscú en helicóptero aquella misma noche. Entró en su apartamento y lo primero que hizo fue ver una de las botas color caramelo al lado de la cama. Pasó veinticinco minutos buscando la otra. No la encontró. Sacó una botella de vodka puro y se dedicó a emborracharse.

Le resultaba más sencillo que enfrentarse a lo que había hecho.

Había visto lo que el amor provocaba en la gente. Cómo te fallaba, como cuando su padre murió y dejó a su madre sola. Cómo te retorcía, como los crueles celos de su padrastro. Y cómo te debilitaba... su propio deseo de consuelo cuando era niño y le pegaban.

Sí, creía haber visto lo que el amor provocaba en las personas... hasta que vio lo que le había hecho la noche anterior a Gigi.

A la mujer que amaba. Porque la amaba. ¿Cómo diablos no iba a amarla?

Y, sin embargo, pensar en deshacer todos aquellos nudos que había ido tejiendo a lo largo de su vida le resultaba imposible, aunque Gigi le hubiera ofrecido un destello de una vida diferente. Una vida que no fuera de él ni de ella, sino de ambos, y todavía seguía bajo la influencia de lo extraña y seductora que le parecía. La tarde anterior, cuando vio a Gigi corriendo por la colina, trató de imaginarse qué sentiría si la perdiera. Qué sentiría si ya no estuviera en su vida. No había sido capaz de sacárselo de la cabeza.

Y ahora sabía lo deprimente que era. Sin luz, solo sonidos. Incluso su apartamento de Moscú le parecía vacío. Había construido literalmente un fuerte en su interior. Parecido al que había llevado a Gigi, pero sin iluminación en lo alto de la torre que era su vida. No había luna ni estrellas que contemplar desde la cama.

Gigi había llegado a su vida por casualidad, nada menos que ganando un cabaret en una partida de póquer, y él habría tenido que saber cómo retenerla.

A la mañana siguiente tenía una resaca de caballo, una especie de taladro en el cráneo que aguantó estoicamente porque se merecía hasta el último segundo de sufrimiento que cayera sobre él.

Se duchó, se afeitó y se vistió de traje. Tenía que recuperarla. Pero primero necesitaba un plan.

Capítulo 16

GIGI sentía la piel pegajosa y los muslos débiles cuando llegó al aeropuerto de Orly varias horas más tarde. Seguramente había pillado una gripe, pensó. Vio a Lulu acercarse a ella embutida en un plumífero rosa. La sonrisa se le borró de la cara al fijarse en el aspecto de Gigi. Debía de estar horrenda, pensó ella cansada.

—Oh, Dios mío —murmuró Lulu deteniéndose a unos cuantos metros de ella.

—No me digas nada ahora —murmuró Gigi con tono seco.

Su mejor amiga se ocupó de todo como solo ella sabía hacerlo. Buscó un taxi, y, cuando estuvieron dentro, Gigi apoyó la cabeza en el regazo de Lulu.

—¿Estás segura de que esto es gripe? —le preguntó ansiosa.

—Eso o que me he mareado en el vuelo. Déjame dormir, Lulu, me siento agotada.

Se incorporó poco después, cuando llegaron al gigantesco atasco del centro de París. Cuando el taxi empezó a subir por la colina, Gigi bajó la ventanilla.

—Pare aquí, por favor —le pidió al taxista.

—¿Qué estás haciendo? —preguntó Lulu alarmada.

Gigi se bajó del taxi y se dirigió hacia la parte central. Se quedó mirando L'Oiseau Bleu. Como esperaba, estaba completamente remodelado

—No me odies, Gigi —murmuró Lulu, que la había

alcanzado–. No te lo conté porque quería que volvieras a casa. Me equivoqué, pero tenía miedo de que te sucediera algo.

Al ver que Gigi no respondía, Lulu resopló.

–Se dice que ha invertido quince millones de euros.

Gigi sacudió la cabeza.

–Perdóname, Gigi, no lo sabía –Lulu empezó a sollozar.

Gigi hizo un esfuerzo por salir de su estado de depresión y se giró hacia su amiga.

–¿Qué es lo que no sabías?

–Que lo amas.

Aquello la atravesó como un rayo de luz.

–Por supuesto que le amo, idiota... le amo desde el instante en que me lavó los pies.

Lulu seguía llorando, y Gigi la abrazó.

–No he vuelto a casa porque haya cerrado el teatro, Lulu. He vuelto porque me ha ofrecido un trabajo. Estás hablando con la nueva gerente de L'Oiseau Bleu.

Lulu dejó caer el bolso al suelo.

–¿Que eres qué?

A pesar de todo, Gigi no pudo evitar echarse a reír, aunque lloraba al mismo tiempo. Se agachó y le devolvió el bolso a Lulu.

–Dios mío, si ni siquiera tú te lo puedes creer, no tengo ninguna posibilidad con los demás.

Lulu se limpió la nariz con el dorso de la mano.

–No es que no me lo crea, es que con todo este lío... ¡debes estar feliz, Gigi!

–Lo... lo estoy.

Pero no lo estaba, y teniendo en cuenta el modo en que la miraba Lulu desde que llegó, se le debía de notar. Era como estar empapada en agua fría. No estaba contenta, y aunque se dijera mil veces que aquel era su sueño hecho realidad, eso no cambiaba el hecho de que amaba a Khaled del modo más profundo que una mujer podía amar a un hombre. Pero al final a Khaled solo le importaba él mismo.

Aquella noche, cuando se acostó sola en la cama sintiéndose sola, fría y rara, no pudo pegar ojo. Se levantó y se acercó a la ventana. Podía ver la esquina del tejado del teatro asomando a lo lejos. Aquel viejo teatro que había sido el objeto de sus sueños infantiles, pero que ya no suponía tanto para ella.

Alzó la vista y miró hacia el cielo, sin rastro de polución en aquella noche de invierno, y se preguntó si Khaled estaría mirando la misma luna y las brillantes estrellas en aquel cielo tan impecable por encima del desfiladero. ¿Pensaría en ella? ¿Recordaría lo que habían sentido tumbados en aquel camastro de piel de marmota, compartiendo historias y el calor de sus cuerpos?

—Se creyó que eras Rita cuando todas sabemos que eres Katherine Hepburn. Así que saliste trasquilada.

Susie lo dijo con tanto pragmatismo que Gigi no pudo ofenderse.

—¿Rita? —Adele frunció el ceño.

—Hayworth. Se casó con todos esos hombres tan grandes y todos la decepcionaron de un modo u otro.

—Khaled le ha regalado prácticamente el cabaret para que lo dirija... eso no es una decepción —afirmó Leah. Pero todas se la quedaron mirando hasta que tuvo que bajar la cabeza.

Las chicas habían asomado la nariz aquella tarde por el teatro para ver qué se cocía. Pero, cuando Gigi se alejó de allí con Lulu, dijo:

—Sí, me ha regalado el cabaret. Y eso me convierte en lo más barato. Fue porque me acosté con él.

–No creo que nadie haya hecho su fortuna tomando malas decisiones empresariales, Gigi. Está claro que piensa que eres capaz.

Aquello era lo más agradable que le había dicho su amiga sobre Khaled, y en cierto modo tenía razón.

Gigi estaba de pie con el casco puesto mientras los carpinteros daban martillazos a su alrededor. Su verdadera misión era organizar a los artistas. Ya había contactado con un coreógrafo y un diseñador de vestuario para el nuevo espectáculo, que iba mucho más allá de la purpurina y el número de la sierra mágica. Pero aquel día le habían enviado un mensaje diciendo que iban a llevar una muestra del suelo y quería dar el visto bueno al color.

–Está haciendo esto por ti –insistió Lulu mirando a su alrededor.

Gigi se estremeció.

–¿Te importaría que dejáramos de hablar de él?

–Claro –Lulu la miró con nerviosismo–. Pero es que está ahí.

Durante unos segundos le pareció entender que Lulu había dicho que estaba allí... y fue entonces cuando se dio la vuelta y estuvo a punto de dejar caer el portapapeles.

Lulu se evaporó como el humo, igual que los obreros, el ruido, y las últimas semanas. Khaled llenaba completamente su campo de visión y todo lo demás quedó reducido al horizonte. Dio un paso hacia él. Se detuvo. Parecía distinto. Se había cortado el pelo, y aunque seguía afeitado tenía una sutil barba incipiente. Iba vestido de traje. Entonces sus miradas se encontraron, y los ojos de Khaled no eran los de un hombre de negocios. Tenía una mirada ardiente... y hambrienta.

–Gigi –dijo con aquel tono grave y tan familiar.

Ella se armó de valor. No pensaba desmayarse a sus

pies. Era extremadamente consciente de que aquel era casi el mismo punto en el que había aterrizado en el suelo tan solo unas semanas atrás. Teniendo en cuenta que el cabaret parecía ahora un lugar arrasado por una bomba, resultaba en cierto sentido apropiado. Khaled había caído sobre su vida como un meteorito, y se podría decir que ella también estaba en proceso de remodelación.

—Vas a retrasarte —dijo Khaled avanzando hacia ella.

¿Seis semanas y aquello era lo único que tenía que decirle?

—Al contrario —respondió ella con voz algo temblorosa—. Vamos adelantados respecto a los plazos.

—Me refiero a la conferencia de prensa, Gigi. Es dentro de una hora.

—No voy a ir.

—Me temo que está en tu contrato. Te leíste el contrato, ¿verdad?

—Leí lo suficiente —Khaled estaba ahora tan cerca que tuvo que echar la cabeza hacia atrás.

Lo cierto era que no había leído nada, pero había contratado a un abogado.

—Deberías leer lo que firmas.

Gigi no respondió. Khaled la estaba mirando con una expresión extraña, dándole de nuevo el mensaje equivocado.

—Yo te llevo.

Tenía todas las respuestas de rechazo en los labios, pero lo que le salió fue un exasperado:

—De acuerdo.

Khaled no la tocó mientras caminaban por la calle, pero podía sentirlo... y eso suponía una tortura. A la luz del día se fijó en que tenía la piel un poco grisácea. No tenía muy buen aspecto.

—¿Has estado enfermo? —tenía que preguntarlo.

–Gripe –respondió él encogiéndose de hombros sin apartar la mirada de ella.

–Yo también –murmuró Gigi. Entonces se dio cuenta de que estaba la limusina parada.

–Hoy no he sacado el deportivo –dijo él como le-yéndole el pensamiento–. Quería hablar contigo.

–¿Sobre mi trabajo?

–No, Gigi, sobre nosotros.

Ella empezó a temblar.

–No, no, no... –y siguió caminando.

–¡Gigi, no seas injusta!

De algún modo encontró la manera de gritarle:

–¡La vida es injusta, Khaled! Me voy a casa a cam-biarme. Supongo que te veré en la conferencia de prensa.

De ninguna manera se iba a subir en la parte de atrás del coche con él. Se fue a casa, se dio una ducha rápida y estuvo a punto de ponerse lo más parecido a un traje que tenía, el atuendo que solía llevar en la mayoría de las reuniones. Pero entonces sus ojos captaron la levita blanca y escarlata de Givenchy que se había comprado casi sin pensar animada por Lulu en una venta vintage.

La tenía puesta y se había recogido el pelo cuando Lulu entró en su cuarto.

–No vas a ponerte eso para la conferencia de prensa, ¿verdad?

Pero parecía encantada.

–Sí –respondió Gigi con una sonrisa.

La conferencia de prensa se estaba celebrando en uno de los salones de un hotel de lujo. Medio París parecía haber acudido, y la gente se había distribuido por el vestíbulo. El murmullo de los preparativos y el sonido de las sillas al recolocarse se detuvo cuando se abrieron las puertas y entraron en grupo las coristas de L'Oiseau Bleu.

Gigi iba en cabeza con su levita vintage: veinticuatro chicas glamurosas la seguían en fila. Las cámaras empezaron a disparar.

–Es como estar en la Semana de la Moda –dijo un periodista.

–No, se llama hacer una entrada como en los viejos tiempos –comentó otro.

Gigi indicó que necesitaba sillas para las otras veintitrés bailarinas, y mientras ella ocupaba la suya localizó dónde estaba Khaled.

–Señoras y caballeros...

Uno de los hombres de traje lanzó el comunicado de prensa. Empezaron las preguntas. Gigi escuchó cómo Khaled contestaba con la misma voz profunda que la había perseguido en sueños durante seis horribles semanas. Intentó no quedarse mirándole demasiado tiempo, pero resultaba magnético.

–¿Por qué ha decidido hacer esto, señor Kitaev?

–Algunos han calificado esto como su carta de amor a París, ¿hay algo de verdad en eso?

Khaled se inclinó hacia delante con los ojos clavados en Gigi y dijo con voz grave:

–Es mi carta de amor a una mujer en particular.

Se había salido claramente del guion, porque los hombres de traje parecieron alarmados y hubo una marea de manos levantadas.

–¿Cómo se llama? ¿Es francesa? ¿Trabaja en L'Oiseau Bleu?

Gigi hizo un esfuerzo por entender lo que estaba pasando. ¡Quería ponerse de pie de un salto y preguntar a quién exactamente le estaba mandando cartas de amor si Khaled le había dicho que el amor ni siquiera existía!

Se escuchó un rumor de voces entre las chicas y Gigi fue consciente de pronto de que veintitrés pares de ojos pintados de rímel estaban clavados en ella.

Khaled sonrió a las cámaras y luego dijo sin más dilación:

—Es irlandesa. Sí, trabaja en L'Oiseau Bleu. Ella es la razón por la que he removido cielo y tierra para teneros a todos hoy aquí. Exactamente seis semanas después del día que apareció de forma tan providencial en mi vida.

Adele golpeó el suelo con los pies de manera entusiasta. Susie levantó los pulgares, y Leah parecía tan resentida que daba la impresión de que se le iba a caer la boca al suelo. Gigi supo todo eso después, cuando se lo contó Lulu. Porque en aquel momento no podía apartar los ojos del hombre que le estaba diciendo al mundo... bueno, ¿qué le estaba diciendo al mundo?

—Mi última visita a París ha sido la mejor, porque conocí a la mujer con la que quiero pasar el resto de mi vida.

Las cámaras estallaron en una ráfaga que sonó como un aplauso. Gigi no supo que se había puesto de pie hasta que cruzó la puerta lateral.

—¡Gigi!

Le escuchó gritar su nombre, pero no esperó a saber por qué.

Khaled se levantó de la silla. Hubo otra llamarada de preguntas, pero él no escuchó una palabra mientras se abría paso a codazos para salir de la sala. Gigi estaba saliendo por las puertas de entrada cuando él apareció en el vestíbulo. Cuando consiguió llegar a ella iba a subirse a un taxi. Khaled agarró la puerta cuando iba a cerrarla y se subió a su lado.

—¡Sal de mi taxi!

Khaled le dio al taxista una dirección de Montmartre.

–No voy a compartir taxi contigo –afirmó Gigi cruzándose de brazos.

Khaled soltó un gruñido y la atrajo hacia sus brazos. Ella no se resistió, pero estaba rígida.

–Prepotente –dijo Gigi.

Aquella no era la palabra adecuada, pero en los suaves labios de Gigi sonaba a beso.

–Te amo –le dijo él sosteniendo su frágil cuerpo contra el suyo–. Te he amado desde que te vi en ese escenario. Te he echado de menos cada momento de cada día. Nunca tendría que haberte dejado ir. Y, si quiero regalarte un cabaret, lo haré, y todo París se puede ir a freír espárragos.

Gigi le dio un golpe en el pecho.

–Me hiciste elegir entre el teatro y tú.

–Nos puedes tener a los dos... puedes tenerlo todo –la fue besando entre promesas. En las sienes, los párpados, la nariz, la boca–. Nunca más, *malenki*. No volverás a dejarme.

Teniendo en cuenta que ella también le estaba besando con los labios llenos de lágrimas saladas, Khaled empezó a sentir que la tierra era más sólida bajo sus pies. Siguieron subiendo por la colina sin que ninguno de los dos se diera cuenta hasta que el taxista dio unos golpecitos en el cristal. Khaled salió y le ofreció la mano.

–¿Dónde estamos?

Era una calle estrecha y bonita situada en lo alto de la colina. Había una casa con muros de color crema y ventanas cuadradas detrás de un alto muro de piedra. Khaled la llevó de la mano hacia el descuidado jardín que había detrás del muro.

–La regla de los diez kilómetros –dijo Khaled cerrando la puerta tras ellos.

–¿Qué...?

–Una vez me dijiste que tenías una regla respecto a los hombres con los que salías. No podían vivir fuera de un radio de diez kilómetros de Montmartre. Así que he comprado una casa dentro de esa zona.

–¿Una casa? Pero tú vives en Moscú.

–Vivo aquí y allí. Puedo dirigirlo todo desde el móvil. Es un poco más pequeña que el cabaret, pero servirá para nosotros y los hijos que tengamos.

Una sonrisa empezó a asomar a los labios de Gigi y alzó la vista para mirarle. Algo maravilloso estaba ocurriendo en su interior.

Khaled le sostuvo el rostro entre las manos.

–Cásate conmigo, Gigi. Ten hijos conmigo. Envejece conmigo.

Por toda respuesta, Gigi le rodeó el cuello con los brazos, lo atrajo hacia sí y empezó a besarle apasionadamente y sin mucho respeto por el jardín y la suave hierba.

Gigi se iba quitando algunas briznas de esa hierba mientras caminaban tomados del brazo por la calle hacia su apartamento. Abajo brillaban los tejados de Montmartre y las sombras del anochecer cubrían todo de un resplandor misterioso y embriagador.

Bianca

Un acuerdo muy conveniente para el italiano...

TRES DESEOS

MICHELLE CONDER

Sebastiano Castiglione tenía un problema. Su estilo de vida de decadente hedonismo había provocado que su abuelo se negara a cederle el control de la empresa familiar. Para adueñarse de lo que le pertenecía legalmente, Bastian debía demostrar que había cambiado. Una impresionante becaria hizo prender en él una idea... y las llamas de un ardiente deseo.

La inocente Poppy Connelly no estaba dispuesta a convertirse en una adquisición más de los Castiglione, pero no podía rechazar la oportunidad de aprovechar los tres deseos que Bastian le concedió para cambiar la vida de su familia y de sus seres queridos. Su reacción ante tanta pasión era asombrosa. El deseo líquido de la mirada del italiano no iba a tardar mucho en fundir toda su resistencia...

¡YA EN TU PUNTO DE VENTA!

Acepte 2 de nuestras mejores novelas de amor GRATIS

¡Y reciba un regalo sorpresa!

Oferta especial de tiempo limitado

Rellene el cupón y envíelo a
Harlequin Reader Service®
3010 Walden Ave.
P.O. Box 1867
Buffalo, N.Y. 14240-1867

¡Sí! Por favor, envíenme 2 novelas de amor de Harlequin (1 Bianca® y 1 Deseo®) gratis, más el regalo sorpresa. Luego remítanme 4 novelas nuevas todos los meses, las cuales recibiré mucho antes de que aparezcan en librerías, y factúrenme al bajo precio de $3,24 cada una, más $0,25 por envío e impuesto de ventas, si corresponde*. Este es el precio total, y es un ahorro de casi el 20% sobre el precio de portada. ¡Una oferta excelente! Entiendo que el hecho de aceptar estos libros y el regalo no me obliga en forma alguna a la compra de libros adicionales. Y también que puedo devolver cualquier envío y cancelar en cualquier momento. Aún si decido no comprar ningún otro libro de Harlequin, los 2 libros gratis y el regalo sorpresa son míos para siempre.

416 LBN DU7N

Nombre y apellido	(Por favor, letra de molde)	
Dirección	Apartamento No.	
Ciudad	Estado	Zona postal

Esta oferta se limita a un pedido por hogar y no está disponible para los subscriptores actuales de Deseo® y Bianca®.
*Los términos y precios quedan sujetos a cambios sin aviso previo.
Impuestos de ventas aplican en N.Y.

SPN-03   ©2003 Harlequin Enterprises Limited

Él quería una madre para su bebé…

CITA CON MI VECINO
KAREN BOOTH

Después de una desastrosa primera cita, la presentadora de televisión Ashley George y el atractivo millonario británico Marcus Chambers se vieron forzados a compartir casa. Cuando un incendio arrasó el piso de Ashley y su vecino le ofreció ayuda, pronto, cayó enamorada de él y de su bebé. Pero, a pesar de su innegable atracción, Marcus solo quería salir con mujeres que fueran apropiadas para ejercer de madre de su hija. Su impulsiva vecina le resultaba por completo inadecuada. Entonces, ¿por qué no era capaz de sacarla de su cama… ni de su corazón?

¡YA EN TU PUNTO DE VENTA!

Bianca

LEGADO DE LÁGRIMAS

LYNNE GRAHAM

Una chica inocente…
Tia Grayson no había salido nunca del convento brasileño en el que vivía, hasta que Max Leonelli fue a buscarla con la sorprendente noticia de que era la heredera de una gran fortuna en Inglaterra, y la hizo arder de deseo con tan solo tocarla.

Un multimillonario…
El abuelo de Tia quería casar a su protegida con su heredero, pero Max no era de los que se casaban. Hasta que la belleza de Tia hizo que reconsiderase su decisión.

¿Y un bebé?
Max debía llevar a Tia a casa, pero la atracción era tan fuerte entre ambos que no pudieron resistirse a una noche de placer. La posibilidad de que esa noche hubiese tenido consecuencias dio a Max la oportunidad perfecta de convencer a Tia de que se casase con él.

¡YA EN TU PUNTO DE VENTA!